Level gacha
レベルガチャ
〜ハズレステータス『運』が結局一番重要だった件〜
2
皇雪火
夜ノみつき
TOブックス

イラスト：夜ノみつき
デザイン：木村デザインラボ

ショウタ
レベルを上げてもまるで成長できなかったが、
未知のスキル《レベルガチャ》を手に入れ、
飛躍的な成長を遂げている。
ダンジョン探索が生き甲斐。

CHARACTERS

アキ

ショウタの専属受付嬢。マキの姉。
マキより快活で、積極的に
ショウタの世話を焼く。

マキ

ショウタの専属受付嬢。
アキの妹。アキより控えめだが、
献身的にショウタをサポートする。

ミキ

ダンジョン協会第525支部の支部長。
アキとマキの母。ショウタに一目置いている。

休暇をもぎ取った

俺は昨日、無事に高額スキルをゲットし、支部長から実力を認めてもらった。その結果、ベテラン受付嬢であるアキとマキ、２人を専属にする事に成功し、レアモンスター討伐のお祝いを兼ねて祝勝会を開いてもらった。そうして飲み潰れてしまった２人を彼女達の家まで送り届けることにしたのだが、マキが俺の荷物を放してくれず……。仕方なしにソファーで眠る事にしたんだった。

そして目覚めたら、マキが俺の着てた上着を大事そうに抱きしめてる姿を目撃しちゃうし……。どうしたもんかな。

「ねえマキ」

「ひゃ、ひゃい」

「昨日の事なんだけど……」

「！！！！！」

瞬間、彼女の顔は沸騰したように一気に赤くなり、背中を向けてしまった。彼女は一滴もお酒を飲んでいないのに、あの空気感だけで酔っぱらっちゃったんだよな。そんな彼女が、昨日の件を指摘されてこんな反応を見せるという事は……。

「マキ、もしかしてだけど、全部……」

「うぅ……」

彼女は肩をビクッと震わせ、目には涙が浮かぶ。

「は、恥ずかしいです……」

「あー、はは」

昨日は酔った彼女から、告白をすっ飛ばした未来の話までされてしまった。それを思うと、俺もちょっと気まずい。

「おっはよー!!」

そう思っていると、アキが部屋にやって来た。普段なら空気を読めと言いたいところだが、この微妙な空気を吹き飛ばしてくれたことには感謝せざるを得ない。だが、そんな感謝の念もすぐに消え去る事となる。

「……え？　な、なんでショウタ君が、ここに!?」

どうやらアキは、妹と違って全く覚えていないタイプのようだった。つまり、俺がここにいる理由を、まるで知らないのである。

「乙女の部屋に押し入って、一体何を……」

「いや、これはその」

「ね、姉さん……」

「しかも、しかも……！　よくもうちのマキを泣かせたわね!?」

「誤解です!!」

「問答無用よ!!」

般若のような顔で怒るアキと、涙目のマキ。無実とはいえ、俺はとにかく謝るしかなかった。

◇

数十分後。

落ち着きを取り戻したマキによって、朝食が用意されていた。

ちゃんと俺の分もある。よかった。

そしてアキはというと、2人で説明してようやく昨日の出来事をふんわりと思い出したらしく、俺がこの家にいた経緯は理解してくれたようだ。マキが泣いていた事はまだ若干怒ってるようだけど。

俺に非が無いことは分かってくれたみたいだけど、理屈じゃないらしい。それくらいアキにとって、マキは大切な存在なんだろう。

「とにかく、アキが少しでも思い出してくれて助かるよ」

「あはは、ごめんねー。あたしお酒が入りすぎると、ちょっと暴走するらしくて……あれ？　名前……」

「アキが言ったんだよ。マキと同じように扱ってほしいって」

「……言ったような、言ってないような？　でも、あたしとしてはその方が嬉しいから、ショウタ君が構わないなら、良いかな」

はにかむアキを見て、フッと頬が緩む。

どうやら彼女は、思いっきり飲みまくると、本当に記憶が飛ぶらしい。時間をかければ徐々に記憶が戻る事もあるらしいが、寝起きの時点では1ミリも覚えていないとか。逆にマキは、起きた事全て覚えている性質らしい。あんなふうに酔う事自体稀のようだけど、本当に正反対の姉妹だな。

とりあえず、アキの名誉のために、『子供は3人』というワードは忘れてあげようと思う。

「それで、今日はどうするの」

「今日はって？」

「だって、ショウタ君最近働き詰めじゃん？　こっちに来てから毎日1回はレアモンスター倒してるでしょ」

「まあ、それはそうだけど」

でも、それは『アンラッキーホール』の頃からずっとそうだったのだ。色違いなだけとはいえ、レアモンスターとは毎日戦い続けてきた。なので、こっちのダンジョンに来てやっていることは、ある意味平常運転な訳だ。

「アキも知ってると思うけど、この3年間一度もダンジョンに潜ることを休んだことは無かったよ」

「そうだけどさ、たまには休むとかしないと体に悪いよ？　話を聞くにだいぶ苦戦したみたいだし、目に見えない疲労も溜まってるかもしれないじゃん」

「うーん、確かにそうだけど、今までダンジョン通いで身体を壊したことはないしなぁ。……あ、アキがわざわざそう言うってことは、他にも何か理由があったりする？」

「あら、ショウタ君も分かるようになってきたじゃない。でも、あたしとしてはその理由も読み解いてほしいところなんだけど？」

うーん、理由ね……。アキの気持ちを思えばそれを考えてあげるべきなんだろうけど、俺としてはダンジョンを攻略するのに必要な実力が簡単に身に付く現状、もっと強くなりたいんだよな。休んでばかりもいられないけど、ろくに休んでいないのもまた事実。

そう俺が悩んでいると、アキがくすりと笑う。

「……ふふ。まあでも、急に休めと言われても困るわよね。あたし達も、休みの予定は入れてなかったし」

「そうなんだ」

「でも、休んでほしいのは本当よ。急に強くなった理由までは分からないけど、普通は急激に強くなると、身体がついていかなくなるものよ。だから、あまり無茶はしないでほしいの」

確かに、そんな話は聞くな。俺も3年間戦い続け、徐々に強くなっていく力に慣れてはいったけど、今の俺のステータスは『レベルガチャ』を入手した直後の2倍くらいには成長している。

実際、出来る範囲が急激に増えた分、自分がどこまで出来るのか測り切れていない。

そう考えていると、今まで黙っていたマキがどこかに電話をかけ始めた。

「……もしもし、支部長。はい、マキです。おはようございます。今日はショウタさんがお休みするようなので専属の私と姉さんの両名で、付きっきりで療養のお手伝いをします。ですので、私達も数日休暇を取らせてもらいます。はい、そうです。専属ですから。彼の体調を整えるのも私達の仕事ですので。え？　昨日？　特に何もありませんでしたよ。はい。はい。それでは失礼します」

電話を置いたマキは、呆然とする俺達にニッコリと笑顔を向けた。

「これで大丈夫ですね！」

「……えっと、大丈夫なの？」

マキの行動力には驚かされるが、受付嬢ってそんな簡単に休めるのか？　アキをちらりと見るが、彼女も妹の行動には度肝を抜かれている様子だ。

「あはは。受付嬢の仕事って結構融通が利いてね、休みの日を結構好きに変更出来たりするのよ。それに、私やマキは仕事人間だからねー。今までほとんど休みを取らなかったの。だから専属の権利を使えば、これくらいの暴挙は許されるわ。ただ月に何度も当日ドタキャンするようじゃ指導が入るだろうけど。……まさか真面目なマキが、こんな手段に出るとは思ってもみなかったわ」

俺はそれよりも、支部長が電話越しとはいえ、昨日の事を指摘していた事に気が気じゃないんだけど。

まあ、2人は気にしていないようだし、気に病むだけ無駄なのかな。

「それと姉さん、お義母さんから伝言。第777支部の方はしばらく行かなくて良いって。そっちには姉さんの後輩を割り振るから、しばらくは第525支部所属として動いて構わないそうだよ」

「ほんと？　じゃあ一緒にいられるのね！」

「うん！　それじゃ、折角の休暇ですし早速デートに行きましょう！　動物園、水族館。ダンジョンデートも面白そうですね！」
ダ、ダンジョンデートってなに⁉

「ちょっと、せっかく休みをもらったんだから、ダンジョンデートなんて。……って、ショウタ君乗り気になっちゃってるじゃない！　顔に書いてある!!」

「ふふ、ショウタさんが行きたいのでしたら、私は喜んでお供しますよ。ただ、モンスターからは守ってくださいね？」

「マキの髪の毛一本たりとも触れさせやしないさ」

「ショウタさん……！」

「ノリノリなとこ悪いけど、ショウタ君。ダンジョンデートの事、どれくらい知ってるのよ」

「1ミリも知りませんが？」

「胸を張らないの。ま、簡単に言うと、モンスターがとっても弱くて、『初心者ダンジョン』以上に、気を緩めても問題がなくて、景色が綺麗な観光向きの場所ね。レベル1同士の冒険者登録をしていないカップルでも、安心して回れることで有名よ。ま、お金を払って冒険者を雇う必要があるけどね」

へぇ、そんなところが。

完全素人のカップルを連れて、自由に歩かせることの出来るダンジョンか。となると、第二層のように広々としていて、その上敵の出現数が少ないか、攻撃的ではないモンスターが多いということか。でも、モンスターがいるということは、つまりレアモンスターもいるということだよな??

「すごい行きたい！」

「ふふ、わかりました。お弁当を準備しますね！」

「目を輝かせてるところ悪いけど、あそこのデートスポットに、レアモンスターの発見情報は無いわよ？」

「え？」

そんなことが、あるのか？

「そのダンジョンって、出現したのいつ？」

「800番台だから一昨年《おととし》……2年とちょっとね」

それなら、『アンラッキーホール』みたいに、一般にはまだレアモンスターが見つかっていないだけなのかもしれない。もしそうなら、俺が見つけてやる！

花畑デート

俺達は電車に乗り、四駅離れたところにある、ダンジョン協会第810支部、通称『ハートダンジョン』へとやってきていた。

駅から出た瞬間思ったが、この場所はどこを見渡してもカップルカップル。お一人様で来たら、きっと目立つし、肩身が狭い思いをする事だっただろう。でも今は、美人姉妹に挟まれていて、別の意味で目立っていた。

これはこれで気まずいというか……。気恥ずかしい思いをしながらダンジョン協会第810支部の扉をくぐる。

協会の内部を見てみると、そこもやはりカップルの群れ。一目見てダンジョン慣れしていないとわかる人達で溢れており、ほとんどが一般のカップルなんだろう。受付ではそんな彼らに対し、デートコースの案内がされていたり、ボディーガード用の冒険者を紹介していたりしていた。

どうやらここで選ぶボディーガードは、全員フルフェイスを着用しているようだ。これも、デートの邪魔にならないよう配慮した結果なんだろうか。デートの最中、近くにこちらを窺う他人の顔が映ったら、気になって仕方が無いからかな？

「うーん、ここは完全にアトラクションみたいだな」

「そうねぇ。ここは出現して、すぐに噂になったのよ。危険なモンスターがほとんどいなくて、景色も良い最高の観光地だって」

「この賑わいよう、出来て2年のダンジョンだとはとても思えませんよね」

「一般の人に広めるって、中々ハードルが高かっただろうに。商魂たくましいというか、なんというか」

『安全なダンジョン』という話は聞いた事があったが、ここまでお気楽なダンジョンだとは夢にも思わなかった。

ちなみにどこのダンジョンもそうなのだが、外からフラッとやって来て勝手に入ったりは出来ないようになっている。それは捜索願が出された際に混乱しないためであったり、協会の許可が下りていない人間が紛れ込んだりしないようにするためだ。

当然、それを防止するためにダンジョンの入り口には検問所が設置されており、協会で毎日発行される手形を見せて入場する仕組みになっている。例外は『アンラッキーホール』くらいのものだ。あそこはアキのワンオペで成立していたからな……。

なので俺達は、手形を発行してもらう為、『デートコース案内所で』の看板が備え付けられた、受付カウンターに並ぶ事にした。

「はじめて来たけど、結構いい雰囲気ね」

「皆さん笑顔で対応していますし、大きな問題は起きていないようです」

「ま、基本的な事を守る限り大事件は起きないでしょ」

「2人はここに来たことはないんだ？　それなりに近場ではあるけど」

「そりゃそうでしょ。ここはカップル専用ダンジョンよ？　ちなみに、ショウタ君と来るのが初めてなんだからねっ」

アキが照れながらも腕を絡めてくる。……視線が集まる。

「ここの協会のメンバーとして働く場合、既にお付き合いされている方がいらっしゃったり、婚約もしくは婚姻されている方が、優先されて配属されますから」

そう言いつつマキも、反対側の手を握ってきた。……視線が更に集まる。

「えーっと、それはどうして？」

「そりゃ、毎日こんなカップル達を眺めなきゃいけないのよ？　彼氏のいない独り身だと地獄よ。絶対心を病むわ」

「……それもそうか」

男としても、彼女がいないのにこんなところで毎日仕事をしていたら、血の涙を流していそうだ。

「ちなみにですが、ここのダンジョンは基本的に第四層以下は一般開放されていません。第一から第三がデートコースに指定されているんです。それぞれ上から花畑、海岸、森林浴と登山。となっているそうです」

「へ～。より取り見取りなんだな。けど、そんなに広いのにレアモンスターの発見情報はない、と」

「はい。気になりますか？」

「そりゃとっても」

「素直でよろしい」

「ふふ、ショウタさんらしいです」

そんなこんなで俺達の番となり、専属2名同伴という組み合わせに驚かれたが、しっかり俺は冒険者として認められ、案内人は免除してもらえた。一応彼女達は受付嬢として専用の訓練は受けているものの、扱いとしては特殊だが一般枠らしい。

その為、彼女達を連れて四層以下へ下りるには支部長クラスの許可が必要なようだった。

あと、どうやらここでは、装備のレンタルもさせてもらえるらしい。

デートの為におめかししていた彼女達も、一応ダンジョンということもあり、女性用の軽装備を借りる事にしたようだった。

◇

「わぁ……！」

「「おおー」」

目の前には、現実では遠出をしなければ中々目にすることのできない光景が広がっていた。辺り一面花畑。こんな景色は、都市部では中々見られないよな。

所々鬱蒼とした森が点在しているが、その森によって分断された花畑は、それぞれ色や種類が異なるようだ。そのおかげもあってか、カップル達は一箇所に立ち止まることなく、あちこち歩き回っているようだった。

それにしても、本当にカップルごとにフルフェイスの冒険者がついて回ってるなぁ。

ここの光景としては平常運転なんだろうけど、傍から見たらシュールだよな。

「マキ、ここに所属している冒険者ってアルバイトかなんかなの？」

「そうですね。危険を冒してまで大金を求めない安定志向の方々には、こういったダンジョンでの仕事が推奨されます。モンスターは手を出さなければ安全ですし、もし手を出してしまってもそんなに強くはないようです。ゴブリンさえ倒せる実力があれば問題ないのだとか」

「スライムに飽きたら、あたし、ここにショウタ君を推薦するつもりだったのよ」

「そうなのか？　うーん、でも独り身でここに放り込まれるのはキツイだろうな……」

仮にどれだけ『運』を伸ばしても、スライムのレアモンスターに出会えなかったとしたら……。

うん、俺は最弱のままで、冒険者としての楽しみは見つけられなかっただろうな。

「何言ってるのよ。その時はマキ……はお母さんが許さなかったとしても、あたしがいたでしょ」

そんな世界線もあったんだろうか。

でもなぁ。

「今のアキとの関係はマキからの仲介ありきだと思うんだよな。だから、マキと関係を結べなかったらアキともこんなに仲良くなっていない気がする」

「姉さん、押しが弱いから。きっとそうなっていたかも……」

「ううーっ。……いいもん、今は一緒だから！」

そういってアキは俺の腕を取る。まったく、アキが言い出したのに。

「ふふ。ではショウタさん、どう行きますか？」

「え、俺が決めて良いの？」

「はい。今日はショウタさんの普段の冒険を間近で見させていただきます」

「あたしもマキも、ある程度のレベルはあるから心配は無用よ！」

「それじゃあ……そうだな。マップの端を埋めたいんだけど良いかな？」

協会で貰った地図を指し示しつつ、スキルとしてのマップを埋めようと提案した。

「お供します」

「レッツゴー！」

そうして、探索&デートが始まった。

『ハートダンジョン』第一階層。

3人で、風景を楽しみながら歩く事約半刻。森を避けるようにぐねぐねと歩き、ようやくマップの隅が目視できる位置へと到着した。

ここの第一層は、『初心者ダンジョン』の第二層と同じように、四方を切り立った崖のようなもので囲われている。そして鬱蒼と茂る森がそこかしこにあり、中は見える範囲だけでも、モンスターを表す赤点がひしめいていた。

どうやらこの辺りは、花畑の面積が比較的狭く、森が多く分布しているようで、カップルからは不人気のようだった。人を表す白点は、近くには存在しない。

「ここのモンスターって、森にしかいないんだっけ？」

「そのようです、時折花畑まで出てくる個体もいるようですが……」

「それでも、触れなきゃ無害って事で、護衛はカップルの進路上に現れない限り、滅多に倒さないらしいわ」

そう話していると、目の前の森から1匹のモンスターが出てきた。名前は綿毛虫。全長50㎝、高さは30㎝ほど。

名前からして毛虫のように思えて紛らわしいが、綿毛を纏った緑色の芋虫のようだ。

これは所謂、キモカワイイってやつかな？　そう言えば、協会内部の売店に、こいつのぬいぐるみが売っていた気がする。商魂たくましいな……。

＊＊＊＊＊
名前：綿毛虫
レベル：6
装備：なし
スキル：なし
ドロップ：綿毛虫の玉糸
魔石：極小
＊＊＊＊＊

『鑑定Lｖ3』になったことで、ドロップアイテムも見れるようになったんだな。

それにしても『綿毛虫の玉糸』かぁ。アイテムになった時のモコモコ具合が気になるな。


「おー、モコモコしてる」

「わぁ、可愛いっ！」

「これがこの第一層に現れるモンスターよ。見た目の愛くるしさから、一緒に写真を撮ろうとするカップルもいるみたい。その場合、別料金がかかるみたいね。もし触りでもしたら、即座に戦闘になるから」

「それは、大変そうだ」

なんでも、事前に高い金額を払ったカップルだけに、写真撮影の許可が下りるらしい。けどダンジョン内で気が変わったとしても、許可は下りないんだとか。それは、事前に『命の保証は出来ない事に了承する』という契約書にサインをする必要があるからだとか。

ここの冒険者達は、本当に大変そうだ……。気苦労で禿げそう。

「あと、見た目の愛くるしさもあって、無害な位置の綿毛虫を討伐しようもんなら、カップル達からブーイングが起きるらしいわ」

「うわ、本当に大変だな……」

冒険者なのに狩りをしちゃだめとか、辛すぎる。

でもこのアイテムが良いものでなければ、そもそも率先して狩る必要も無い訳だけど……。2人なら知ってるかな？

「『綿毛虫の玉糸』ってどんなの？」

「それはねー……って、あれ？　ショウタ君の『鑑定』のレベルって、2だったんじゃ……」

同じく『鑑定』していたアキが不思議そうに聞いてきた。

そういえば、前に伝えたときは2だったっけ。

「今は3だから」

「えぇー……？」

「ではショウタさん、私がお答えしますねっ！　まず『綿毛虫の玉糸』はこの綿毛虫が稀に落とすアイテムです。相場は確か1個3万だったと思います」

「え、高っ!? 弱いモンスターだから、それならもっと乱獲されてもよさそうなのに。……あ、狩ると怒られるんだっけ」

それでも売値がハッキリしているという事は……あれだな。時たま市場に流れているという事だ。目撃されない位置で狩れば問題はないのか。例えば、こんな隅っことか。

「それもありますが、そもそも、ドロップするのが本当に稀だからのようです。毎日数十匹倒しても、1週間に1度くらいしか手に入らないんだとか。ですが、その糸はダンジョンの性質が備わった天然物ということで、高額で取引されています。また、ばら売りよりもまとめて売った方が値が上がるそうですね」

「ふーん」

それって『運』が454もある俺が狩ったら、どうなるんだろう。

一般的な冒険者の『運』は、一度も『SP』を振っていなければ5~10だ。そんな彼らが、例えば百匹に1個程度でしか落とさない割合なら、俺の場合どうなるだろうか。

俺の今までの経験上、アイテムがどれくらいの確率でドロップするかは、アイテムごとに設定された基礎値に、討伐した人間の『運』の数値を掛け合わせたものだと思っている。

だから、基礎値が10もあった場合、『運』が1なら10%。『運』が10なら100%でドロップする。

そこから考えたところ、『極小魔石』は基礎値が1なんだと思う。その為一般的な冒険者は、『運』が5~10しかないだろうから、10匹から20匹倒してやっと1個獲得できるんじゃないかな。

まあこれは期待値だから、多少のブレはあるだろうけど。そして俺の場合は、『運』が100を超えた段階から、確定ドロップになっているのだ。

いまのところ、レアモンスターの出現も、スキルオーブのドロップも100％だが、これも今の数値であれば今後も確定とは限らない。本当は100％などではなく、たまたま全部ドロップしているだけなのかもしれないし、レアモンスターによって基礎値も変わってくるだろう。『虹色スライム』の例がある以上、『運』は今後も上げていかなきゃいけない。

「ショウタさん、普段のように狩ってもらっていいですか？」

「良いの？　あれ、可愛いって気に入ってたけど」

「あれはペットや小動物ではなく、モンスターですから」

流石マキ。一般人とは違って、モンスターだからと、あっさり割り切れるらしい。まあ、俺も狩る気満々だったけどね。

「それじゃ、遠慮なく」

そう言って腰に帯びていた剣を、鞘袋から取り出す。流石に街中や電車で、剣を剥き出しにして持ち歩くわけにはいかない為、カバーをしていた。

当然この鞘袋も工房の特別製で、強烈な切れ味を誇る『御霊』に対しても、簡単には貫けないようになっている。まあ、『怪力』を使ってまでぶった斬ろうとすればイケるだろうけどね。この高性能な鞘袋も、あの高額な料金のうちの一つと言う訳だ。

鞘袋をリュックにしまい、剣を片手に綿毛虫に近付く。

３m付近まで接近しても、攻撃の意思がないのか、こちらを見向きもしない。普段ゴブリンやキラーラビットを相手にしているのと同じように、一気に詰め寄り斬り払った。

『斬ッ！』

綿毛虫は呆気なく真っ二つに分断され、煙となって消えていった。

後に残ったのは、『極小魔石』と『綿毛虫の玉糸』。ちゃんとドロップしたみたいだな。

「落ちたよ」

「すごく鮮やかでした！」

「ショウタ君、日に日に強くなっていってるわね。もう完全に初心者の域超えちゃってるでしょ」

「でも、相手が完全に無抵抗だったからね。これくらいなら、誰でもできるって」

持ち上げられるのは悪くないが、カカシ相手に凄いも何もないと思う。２人にドロップを見せると楽しそうに笑った。それにしても、誰かと一緒にいるダンジョンは新鮮だな。今後も誰かとチームを組んだりは出来そうにないけど、こうやってゆっくりと時間が進む狩りも、たまには悪くないかな。

でも俺って生き物は、とことん自分本位の人間なんだろう。デートのついでにレアモンスターを見つけられたら良いな、なんて思っていたけど、１匹を自主的に倒してしまった以上、俺はもう残りの99匹を狩る事に意識が向かってしまっていた。

我ながら最低だと思う。

「ショウタさん」

「マキ？」

「行ってきて良いですよ。狩りたいんですよね、綿毛虫」

「けど……」

「あたし達の事は気にしないで。ここに誘ったのも、本当は戦ってるショウタ君を間近で見たかっただけだもん」

「はい。私達はここでショウタさんの戦いを見守っていますから。御存分に」

「……わかった、ありがとう。じゃあとりあえず、こことここと、あとここの綿毛虫を殲滅してくる。アキには悪いけど、リュックを渡しておくからドロップの回収をお願いしていいかな」

「おっけー。任せなさい」

「私はここで待機していますので、疲れたらいつでも休みに来てくださいね」

俺のワガママに付き合ってくれるなんて、彼女達は本当に良い人達だな。俺の為に、このダンジョンに息抜きへ連れて来てくれたんだ。昨日の『迅速』で、彼女達への借金はそのうち返済されるだろうし、今度こそ何か、ちゃんとお礼をしないとな。

でも、それを考えるのはまた今度だ。まずは目の前の事に集中しよう。俺は目の前の森へと侵入した。

「『マーダーラビット』のいた林とは、木の密集度が段違いだな」

更に大きな違いがあるとすれば、あちらでは足元が下草に覆われていたけど、こっちでは巨大な木の根が縦横無尽に這っている。足を取られれば盛大に隙を晒す事になるだろう。

まずは森に慣れるために、ダッシュしながら1つ目の森を制圧。2番目からは『迅速Ⅱ』を弱めに使い、徐々にスピードを上げていってみよう。

さあ、狩りの時間だ!!

◇

「アキ、手伝うよ」

「ごめーん、遅れちゃって」

「いや、俺も途中から『迅速Ⅱ』を使った高速戦闘が楽しくなっちゃって、ついつい止《や》めどころを失っちゃった」

俺は今、ドロップ品を拾い集めているアキに、こちらで回収したアイテムを手渡した。

予定していた森を1つ多く殲滅してしまい、結局4つの森がアイテムまみれになってしまっていた。幸い、ここはマップの端っこ。近くにいるのは俺達3人だけで、他の人影は無かったので盗まれる心配はない。

そして討伐した綿毛虫の数は93匹。1つの森に20ちょいずつ生息しているらしく、もう少しで目的の100匹に到達出来そうだった。

しかし、予想外な事が2つ。まず1つは、どうやらこの綿毛虫、スライムよりも経験値が低いらしい。これだけ倒しても俺のレベルは上がらなかった。こっちはたったのレベル8なのに。

そして意外な点2つ目。『綿毛虫の玉糸』が確定ドロップはしなかったという事だ。マキからのドロップ情報を聞いてその可能性は考えていたが、それでもショックは大きい。今のところ、獲得率8割。

これだけの『運』があって、それでも100%じゃないなんて……。

このアイテムのドロップ基礎値は、0・1くらいなのかもしれない。これは確かに激渋だ。

「これで全部かな」

「うん。『極小魔石』がきっかり93個。『綿毛虫の玉糸』が75個。大戦果よ」

「お、最初の森で再出現が始まった。アキ、ちょっとマキを呼んで来てくれる？」

「良いわよ。何するの？」

「ちょっとレアモンスターの出現実験を」

「はぁ、あんたも好きねぇ。良いわよ、あたし達はちょっと離れたところで見ていてあげるから」

そうして再出現した綿毛虫を6匹狩り、ドロップアイテムを一度アキに預けてから合図をする。

2人からハンドサインを貰ったので、100匹目の綿毛虫を討伐した。

「さあ、来い！」

しかし、俺の願いは届かず、綿毛虫の煙は膨れ上がることなく霧散していった。

「!?」

初めての、レアモンスター出現失敗に、俺は困惑を隠せなかった。

まず俺は、真っ先に数え間違いを疑った。

でも、討伐数も、ドロップしていた『極小魔石』も、2人で数えたんだから間違えようがないはずだ。

では、森の中に他人が倒して拾い忘れた『極小魔石』が落ちていた……？

いや、それもない。２人が言うには、ドロップしたアイテムは30分ほどで、ダンジョンに呑まれて消えていくらしい。そしてそれはレアモンスターも同様らしい。出現から1時間、敵対者がいない状態が続くと忽然と姿を消すのだとか。代わりに、人間の死体はその場に残るらしいが。

それが謎の死体の発見へと繋がり、原因究明出来なかった原因だろう。

話を戻すが、今回レアモンスターが湧かなかったという事は、つまり……抽選に失敗した。

という事だろう。

◇

２人の許へ戻ると、俺の元気がない事を察したのだろう。

何も言わずに寄り添ってくれた。


「落ち着きましたか？」

「……ああ。ありがとう」

「うん。顔色も戻ってきたね。それじゃ。元気が出ることとしましょ」

「？」

「もう、忘れたのショウタ君、お弁当よお弁当！」

「あれ、もうそんな時間？」

そういえば、確かにお腹が減ってきた。

「シートを広げますね」

「ショウタ君はそこに座ってー」

2人にされるがままにしていると、いつの間にか食事の準備が整っていた。

そんなに落ち込んでたかな。でも、彼女達の気遣いは助かった。おかげで前向きに考えられる。

2人に甲斐甲斐しく世話をされながら、改めて考察する。今回、レアモンスターが出なかった理由だ。


1：『運』が足りず、確定出現では無かった。

これは、スライムの件を考えれば十分あり得る話だった。ただでさえ通常ドロップのアイテムですらこのドロップ率なんだ。レアモンスターの出現率も同様に極小確率である可能性は否めない。

2：ここにレアモンスターがいない。

これも考えられる。そもそも、俺が知っているダンジョンはここを含めてもたった3つしかない。それに比べ、世界には1000ほどのダンジョンが確認されているのだ。

そんな中で、2つのダンジョンでしか検証できていないレアモンスター出現の法則が、他のダンジョンでも当てはまるなど、断言するのは難しい。

3：100連討伐による方法以外に、レアモンスターの出現条件がある。

ここは、人間に殺意を持つモンスターがいないという珍しい階層なのだ。その仮定は否定できない。

これも考えられる。けど、これを追究するにはまずこの第一層全ての情報が必要だ。試すにも、時間がかかる。だからまずは1を再検証し、それでも出なければ後日改めて3を検証すればいい。

「やっぱりあたし、ダンジョンの事考えてるショウタ君の顔が好きだなー」

「ふふ、私も」

「似たもの姉妹ね、あたし達」

「今までもそうだったじゃない。姉さん、好きなものが同じ時は？」

「仲良く分け合う、よね」

「ええ」

2人の会話も、熱を帯びた視線も気付くことなく、俺は黙々と食べながら、この後の検証について思案を巡らせた

そして10分後。お弁当を平らげた俺は、お茶を飲む。

「ふぅ」

「ショウタさん、この後どうしますか？　手伝いが必要なら力をお貸ししますし、お邪魔であれば協会に戻っています」

「あたしもなんでもするわ。言ってみて」

「え？」

ありがたいけど、急にどうしたんだろう。まあ、手伝ってくれるなら付き合ってもらおうかな。

「そうだな……。とりあえず俺は、あと2、300匹は狩ろうかなと思う。再出現の速度も余裕があるみたいだし、ドロップの回収、2人にお願いできる?」

「任せてください」

「任せて」

2人は今日、徹底的に付き合ってくれるみたいだ。

それなら俺は、後ろは2人に任せて、狩って狩って狩りまくってやる!!

◇

「これで299! ……ふぅー」

一旦落ち着くために後ろを振り返る。すると、回収と供給のバランスが釣り合っていなかったようで、そこかしこにアイテムが散らばっていた。

「ああ、やりすぎちゃったな」

マップを見れば、2つ前の森の中で、2つの白丸が忙しなく動いていた。まだその森では、周囲には綿毛虫の再出現は発生していないみたいだし、彼女達に危険は無さそうだ。それにしても、4つの森じゃ再出現を待っていられず、8つの森に手を出してしまったな……。

敵があまりにも貧弱だから、スライムを狩っていた時のように狩りに集中しすぎてしまったかも。

彼女達には事前に、移動する森のルートは知らせておいたから、合流を目指しつつ俺もアイテム回収をしようかな。

そうして数十個のアイテムを抱えながら姉妹と合流を果たした俺は、急に現実を思い出した。彼女達が持参して来ていた鞄と、預けた俺のリュックが、ドロップアイテムでパンパンに膨らんでいたからだ。不意に申し訳ない気持ちになってきた。

俺のワガママに、ここまで付き合わせる事になった事が、目に見える量となって俺の良心をグサグサと突き刺してきた。

「ふふ、ショウタさん、そんな顔しないでください。私、これでも楽しんでるんですよ？」

「そうよ。あたし、改めて実感したわ。毎回ドロップするって良い事だと思ってたけど、毎回拾い集めようとすると、こんなに大変な作業だったんだなーって。そりゃ、魔石もスルーするわけよ」

２人の優しさが沁みる……。

「やはり運び屋は雇った方が良いと思います。ショウタさんの足についていけて、秘密も守れる高レベルな……。でないと、魔石以外の高額な副産物が出た場合、毎回足を止める事になりますし、それではショウタさんの効率が落ちてしまいます」

それはまあ、懸念はしてるんだけど……。

でも正直言うと、俺はダンジョンでお金を稼ぎたいわけじゃなくて、色んな秘密を暴きたいんだよね。まとまったお金は余ったスキルオーブで何とかなると思うし……。

「んー……」

けど納品した分だけ、協会から見て、彼女達の評価が上がるんだよね。

魔石が一番評価の割合が高くなってるんだけど、スキルオーブや副産物でも納品した分だけ評価が上がると思っている。こういう評価システムは大抵、複数の評価のバランスだと思う。スキルオーブだけやたらと卸してくれる冒険者と繋がっているよりも、全体的にバランスよく、色んなものを高水準で取ってきてくれる冒険者の方が喜ばれるだろう。

実情は知らないけど、俺だったらそう思うし、そう感じてる。

だから出来る事なら、魔石も拾って渡していきたいんだけど……。今となっては凄い手間がかかるんだよな。

(問題は秘密をどうするかなんだよなぁ……)

特にガチャ。これは2人にも伝えられていない。

「こういう平和なダンジョンなら、あたし達が日替わりで付き合ってあげても良いんだけど」

「通常のダンジョンとなると、私はきっと足手まといになりそうです」

「「うーん」」

けど、いくら考えてもそんな都合の良い人材が掴まるわけでも無く。

「とりあえず、これを考えるのは後にしよう。今日は次の1匹をラストにしようと思う」

「わかりました」

「おっけー。あ、そこに都合よく出てきてるじゃん」

よし、これで出なくても今日は終わりにしよう。

そう考えて、俺は慣れた手つきで綿毛虫を2つに分離させた。

「……出た!!」

綿毛虫の死体から、モクモクと煙が現れた。普通の場合は、出た先から霧散していくが、レアモンスターの煙は霧散しない。

『カシャ！　カシャ！』

背後からシャッター音が聞こえる。レアモンスター出現の兆候として証拠を収めるために、俺がマキにお願いしていたのだ。

「ショウタさん、一応撮りましたけど……。煙、というのはよく見えないですね」

「え？　綿毛虫色の煙、出てない？」

「はい……」

「あたしにも、薄っすらとしか見えないわ。まるで蜃気楼みたいに揺らいで見える程度よ。ショウタ君には色付きで見えてるの？」

「そうだけど……」

なんだ？　なぜこれが見えない。まさか、煙を見るのにも条件があるのか？

気にはなるが、この検証は後回しだ。煙の様子がどうもおかしい。『ホブゴブリン』と『マーダーラビット』の場合は空中に浮かび上がったが、今回は地面の上で粘土をこねるように膨張していく。元が芋虫だからか？

そしてその煙は、小さな綿毛虫のようなフォルムへと変化すると、子供が走るくらいの速度で、森の方へと向かっていった。

「俺は追う！　道中のモンスターはいなくなるはずだけど、様子を見ながら来てくれ！」

返事を聞かずに奥へと向かう。煙の向かう先は、やはりマップ角の森。実はここがレアモンスター出現場所じゃないかと睨んでいた。なぜなら、マップ角であることに加えて、一番奥の部分は何もない広場になっていたからだ。

地図を見れば、角の森に再出現した綿毛虫達が、本来の数倍の速度で外へと散っていく。アキとマキは、ゆっくりとだがこっちに向かってきているようだ。

危険そうなら叫んで逃がそうと思うが……今のところ、その必要はないと感じている。俺の『直感』がそう言うのなら、大丈夫なのか？　だが、確証が無いのも事実。あの時のように甘く考えず、最悪を考えつつ行動しよう。

「勝てそうになければ、人を近づけず1時間放置してれば良いんだしな！」

煙と並走しつつ、奥へと辿り着く。

そして俺は広場の端で待機しつつ、中身が出てくるのを待った。

煙は到着するとすぐに、綿毛虫よりも巨大なものへと膨張していった。しかし形状は綿毛虫のまま。このまま推移するとなれば、出てくる相手も、同じ見た目になるんだろうか……。

「……出たな」

ズルリ……。

煙の中から、1体の虫が現れる。その姿は、綿毛虫とは似ても似つかないものだ。

全長4m、高さ2mの超巨大芋虫だった。

そして何よりの特徴として、その全身は黄金色に輝いていた。更に、身体の周囲に薄っすらとした膜が見える。アレはなんだ……？

それにしても、綿毛虫のレアモンスターなのに、身体に綿毛らしきものは一切ない。関係してるのは虫の要素だけとはな……。

＊＊＊＊
名前：黄金蟲《おうごんちゅう》
レベル：１８

装備：なし
スキル：金剛力、金剛壁、金剛外装
ドロップ：黄金の種、黄金の盃
魔石：大
＊＊＊＊

「スキルもアイテムも金、金、金。これはまさしくレア……。いや、激レアモンスターだな」

しかしスキル３つ持ちだなんて、初めて見たぞ。

レベルは『マーダーラビット』より下だが、奴は『俊敏』特化型だった。対して『ホブゴブリン』は『腕力』特化型。となればこいつは、スキルの組み合わせからして『腕力』と『頑丈』寄りか……？　レベルは低いが、魔石の大きさは今まで見た事のない『大魔石』だ。油断はできない。動き出さなきゃ強さは分からないが、見る限りこいつも、攻撃しなければ動かないタイプなのか？　なら、しばらくは安全かもな。

マップを見れば、俺が視認できるはずの位置に２人の反応があった。

こいつから目を離さずに、２人にハンドサインを送る。

もし仮に、２人が近付く事で動いたとしても、黄金の身体はかなりの重量があるだろう。動きはトロそうだし逃げる時間は十分ある。それに、最悪俺が２人を抱えて『迅速Ⅱ』で距離を取ってしまえばいい。

そう考えていると、２人が息を呑むのを背中で感じた。

「マキ、こいつの情報はあるか」

「……い、今まで見たことがありません。このモンスター、動かないんですか？」

「基となったモンスターの特性を引き継いでいる可能性がある。今のうちに記録を」

「は、はい。しゃ、写真を撮りますね」

そっちはマキに任せ、アキには確認しておきたいことがある。

「アキ、こいつのステータスは視れるか」

「ええ。スキルの名称から察してるでしょうけど『腕力』と『頑丈』が飛びぬけて高いわ。このレベルで２００超えのステータスなんて見たことが無い。反面、『器用』と『俊敏』は雀の涙。20前後よ」

「極端だなー。逃げる事は容易だが、近接戦闘が困難なタイプか」

「……やるの？」

「当然。……ところで、スキルは全部既知のものか？」

「3つ中2つはそうね。『金剛力』は『腕力』の。『金剛壁』は『頑丈』の上昇系スキルよ。ただ、通常の『怪力』系統なんかとは別のスキルっぽくて、効果はいまいち不明なの。けど、かなり強力って話は聞いた事ある。そして『金剛外装』は全く知らない。完全に未知のスキルね」

「了解」

支部長の権限を持つアキが知らないのなら、まず情報は無いとみて良いだろう。

となれば、あの光る膜が『金剛外装』なのか？

「ショウタ君、あのステータスは脅威だわ。頑丈な身体を活かした体当たりには気を付けるのよ。あたし達は、ギリギリ見れる距離から見守ってるから、安心して戦いなさい」

頷くと、マキの方も作業は終わったようだ。

「記録、完了しました。ショウタさん、ご武運を」

「勝利を祈ってるわ」

アキとマキに挟まれるようにして、2人から頬に口付けが贈られた。

これは滾る。

「……女神の加護を貰った以上、勝つ以外に選択肢はないな」

さあ、やろうか！

黄金の巨大生物

2人が後ろに下がったのを確認し、剣を構える。

まずは……そうだな。普通にやってみるか。

「うおおっ！」

突撃し、首を狙って横に薙ぐ。いつもなら、それだけで相手の身体は2つに分かたれるが。

『ガインッ！』

「かってぇ⁉」

剣は『黄金蟲』の身体を切り裂くことなく、金属同士が激突したような衝撃がこの身を襲う。

奴に剣が当たる瞬間、膜に激突したような感覚があった。その瞬間、奴が纏っていた光の膜が消え、代わりに妙な気配を感じた。恐らく、スキルを使用したのだと思う。

いくら黄金の鎧を身に纏っていたとしても、俺のこのステータスと武器を相手に、無傷というのはおかしい。やはり最初の壁が『金剛外装』で、今の気配は『金剛力』か『金剛壁』によるものだろうか。

戦闘に直結するスキルである以上、『怪力』と同じく効果時間があるはずだ。それまで耐える！

『シュルルル』

『黄金蟲』はこちらの攻撃に対し、まるでこたえなかったようだ。ゆっくりとこちらへと顔を向ける。その動作は緩慢だが、図体がデカイ分迫力がある。

距離を取ろうと足に力を回した瞬間、奴は大きく頭を振り上げて、頭突きをかましてきた。

『ドガンッ‼』

想定通りその動きは遅く、回避するのに問題は無かった。だが、その威力が尋常では無かった。

大地は爆発が起きたかのようにえぐれ、周囲には地割れが起き、更には砕けた岩粒が散弾となって飛び散ったのだ。

「うおっ」

『カンカンカンッ！』

『剣術』スキルと『身体強化』のおかげか、初見だったがなんとか全て弾くことが出来た。けど、この頭突きによる攻撃は異常だ。たとえ『怪力Ⅱ』で受け止めたとしても、受け止めきれる自信が無い。

「ショウタさん、大丈夫ですか⁉」

「平気だ！」

これで『俊敏』も高かったらやばかったな。

さて、接近して危ないのなら、久々に魔法を使ってみるか。

「ファイアーボール」

『ドガッ！』

『シュルッ⁉』

ファイアーボールをぶつけると、嫌がっているのか大きくのけ反った。『知力』が上がった影響か、覚えたての頃よりもだいぶ威力が上がってるみたいだな。それに、ダメージが入ったのか奴の身体には焦げ痕が残っている。

「効果有りか。なら、連発だな！」

『ドカッ！　ドガッ‼　ドドドドド‼』

『シュルル！！？』

ファイアーボールを20連発くらいぶち当てると、奴はもうズタボロのようだった。何発かは、途中で発生した黄金の膜に吸われたが、一撃で剥がれるようで気にせず撃ち続けた。

奴も反撃しようともがいたが、絶望的に動きが鈍く、こちらに近付くことすらままならない様子だった。一方で魔法でなんとかコイツの体力を削る事には成功しているが、決定打には程遠い。

その後も接近しては大ぶりの頭突きを回避し、剣を振るったり魔法をぶち当てたり。幾度となく攻撃を繰り返すが、致命傷を負わせることは出来なかった。そろそろ魔法を使うのを抑えなければ、『魔力』が切れて気持ち悪くなってしまう。

「埒が明かないな……」

トドメをどうするか考えていると、『黄金蟲』から感じていた嫌な気配が霧散した。

もしかして、効果が切れたのか？

「チャンス！　『怪力Ⅱ』『迅速Ⅱ』使用！」

『斬ッ！』

『黄金蟲』の懐《ふところ》に侵入し、スキルによって一気に叩き斬る。

喉元を大きく切り裂かれた『黄金蟲』は、煙を吐き出しながら倒れ伏した。


【レベルアップ】

【レベルが8から40に上昇しました】


「うわ、経験値どんだけあるんだよ」

今まで一番のレベルアップを噛み締めていると、駆け寄る気配を感じた。

「ショウタさん！」

「やったわね！」

「ああ、2人共ありがとう。おっと、タイマータイマー」

感慨に耽っている場合では無かった。タイマーを起動し、はしゃぐ彼女達を連れて広場の端まで移動する。

「ショウタさん？」

「何してるのよ？」

「いや、レアモンスターの次が湧くかもしれないから」

「え？　レアモンスターの、次……ですか？」

「なにそれ。聞いたことないんだけど」

やっぱりか。他のダンジョンでは存在しないのか？　でも、発生したことがないだけで、絶対に無いとは言い切れない以上、警戒するに越したことはない。

彼女達にはそう説明して、ここで待機してもらうよう説得する。

「ショウタ君、警戒し過ぎじゃない？」

「でも姉さん、今回はショウタさんの狩りを見せてもらうことが目的です。なら、ショウタさんの方針に従いましょう」

「それもそっか。ショウタ君って、毎回警戒してるって事よね」

「そうだよ。……まあ、激戦の後は記憶から吹っ飛ぶけど」

「ふぅん……。あ、煙が消えるわよ」

アキが言うように、煙は空気中に霧散していった。時間は……6分かな。やっぱりレベル依存かな？

「あれ、レアモンスター討伐時の煙は、見えてるんだ？」

「ん？　そうよ」

「マキも？」

「はい。レアモンスターは討伐すると死体が煙になっていくんですよね。その煙であれば誰でも見えていると思いますよ」

「そうなのか……」

でも、レアモンスター出現時の煙はハッキリと見えないのか……。やっぱりなにか、条件がありそうだな。

それはともかく、奴の強さとしては、倒そうとした場合『マーダーラビット』より厄介だけど、他のレアモンスターと違って逃げようと思えば逃げられるのがありがたいよな。

「さて、ドロップは……。うん、全部出たな」

『黄金の種』が4つ。『黄金の盃』が1つ。

スキルオーブ『金剛力』『金剛壁』『金剛外装』が1つずつ。そして『大魔石』だ。

どうやらスキルオーブは、個別にドロップチャンスがあるらしい。どれか1つなんてケチな仕様じゃ無くて助かった。

「スキルオーブが3つも……」

「すごいです。ショウタさんすごいです！」

「記録は済んだ？」

「勿論です。使われますか？」

「うん、ちゃんと使うよ」

スキルオーブを使用し、『SP』も全て『運』に割り振る。

＊＊＊＊＊

名前：天地《あまち》　翔太《しょうた》

年齢：２１
レベル：４０
腕力：２３５（＋１９２）
器用：２４２（＋１９９）
頑丈：２５０（＋２０７）
俊敏：２６１（＋２１８）
魔力：２１６（＋１７５）
知力：１８８（＋１４７）
運：５１８

スキル：レベルガチャ、鑑定Ｌｖ３、鑑定妨害Ｌｖ５、自動マッピング、金剛外装、身体強化Ｌｖ７、怪力Ⅱ、金剛力、迅速Ⅱ、金剛壁、予知、剣術Ｌｖ１、投擲Ｌｖ２、炎魔法Ｌｖ１、水魔法Ｌｖ１、魔力回復Ｌｖ１、魔力譲渡

＊＊＊＊

うん、良い感じだ。しかし、『金剛外装』はその位置に来るのか……。となると、ステータス反映型よりも身体強化に近い性能なんだろうな。

全身金ピカになるとか？　……それはちょっと勘弁願いたいな。

まずは、意識のオンオフで切り替わるかから確認するか。

「『金剛外装』起動」

唱えると、身体全体が、光り輝く膜のようなもので覆われた。

……あー、やっぱりこれだったか。『黄金蟲』も、最初はこんな感じで光っていたよな。それにファイアーボールの時も。戦闘中こちらの攻撃に反応して、何度か纏っていたのを見た気がする。でも攻撃を受けるとすぐに消えていた。

となると、『金剛外装』の効果は……。試してみるか。

「アキ、ちょっとこれ叩いてみて」

「あいよー」

と言いつつ、アキは見事な回し蹴りを披露してきた。

『ガンッ！』

「かっ……たーい!!」

「おいおい、大丈夫か」

アキの蹴りが当たると同時に、光の膜は消え去っていた。

アキの蹴りによるダメージも衝撃も、こちらへは何にも伝わる事は無かった。

「なによそれー!?　馬鹿みたいに硬いんですけど!!」

「ふーむ……。何でも1発だけ耐えられる無敵の壁のようなものか。たぶんかなりの魔力を消費するんだろうけど、それでも破格の性能だな」

問題は消費量だな。50か、100か。はたまた200か。

何度か使えば判明するだろうけど、彼女達の前で倒れたくはない。

「とりあえず、撤収しようか」

「ショウタ君、足が痛いからおぶってー」

「えー？」

叩いてとは言ったけど、蹴ったのはアキじゃん。

「姉さんだけズルイです。私もお願いします」

「ええっ⁉」

2人は俺の首元に抱き着いてきたので、仕方なしに2人の腰を持ちあげる。子供を抱きかかえるような持ち方を、大人の女性にするのは中々胆力がいるな。ちょっと体勢的に辛いが、試しがてら『金剛力』を使えばなんの苦もなく持てた。

「きゃっ、ショウタさん力持ちですね！」

「すごいじゃない！」

あとは素材が詰められた鞄をアキに持たせ、鞄にもリュックにも入りきらなかった『黄金の種』と『黄金の盃』はマキに持ってもらう。

そうして俺達は、大量の成果と共にダンジョンを脱出した。

◇

「おっと」

ダンジョンを出た瞬間、俺はバランスを崩してしまった。急に、彼女達2人を抱える事に負担を感じたのだ。重みが増したわけではなく、俺の力が弱まったような感じだ。

『金剛力』の力が切れたのか？　いや、それだけじゃ、どうにも腑に落ちない。

「あ、下りますね」

「素敵な時間だったわ」

2人は俺の変化に気付いたようで、さっと飛び降りた。彼女達が離れても、俺は違和感が拭いきれずにいた。

「ショウタさん、体調が悪いのですか？」

「あれだけ暴れたらねー。でも、本当にしんどそう。どこかで休む？」

「……いや、恐らく『金剛力』の影響かもしれない。力の上昇量は『怪力Ⅱ』とそう変わらなかったのに、効果時間はとんでもなく長かった。どうやら、その反動らしい。リスク有りのスキルみたいだ」

長時間パワーアップ出来るメリットはあるが、その反面効果が切れるとパワーダウンする。これは中々、使いどころが限られるスキルだな。少なくとも常用は出来そうにない。

「ふうん……って、それ使ってあたし達を抱えてたって事よね!?　そんなに重かったってこと!?」

「ショウタさん……」

「ああーいやいや、試しに使ってみたくて。2人には大量の素材を持ってもらってたし、それに剣や金のアイテムも」

「「ぷっ」」

しどろもどろに答えると、２人が噴き出した。

「冗談よ、じょーだん」

「ふふ。報告に帰りましょう」

「やれやれ……」

すっかり揶揄《からか》われた。

ご機嫌な２人を追って、協会の扉をくぐった。

それは脅しというのでは

２人は今朝並んでいた窓口を無視して、壁際にいた職員さんに何か話しかけていた。最初は普通に応対していた職員さんも、何かを耳打ちされると途端に目を白黒させ、慌てて奥の部屋へと案内してくれた。

そのやり取りの最中で、抜けていた力が元に戻った感触があった。……パワーダウンは５分の間、約80％ほどになる感じだろうか。やっぱり、戦闘中に起きると困るな……。時間を測りながら使う感じにするか。

案内された応接室のような場所で、3人横並びで座り、ここの支部長を待つ。

「さっきの職員さんに何て言ったのさ」

「支部長を呼んでって言ったのよ」

「それだけであんな顔する訳ないだろ」

「本当は穏便に済ませたかったんですよ？　なのでまず、私と姉さんの『協会ランク』を提示しました。本来ならそれで通してくれるのですが、どうやら本当に外せない用事らしくて……」

「だからこう耳打ちしてあげたの。第一層に未確認のレアモンスターが出現した。安全安心を謳うデートスポットに、そんなものが出現したと知られたらパニックになるわね～？　って」

「……エグイ事をするなぁ」

まあ、もしもそんな噂が広がりでもしたら、ここのアトラクションは閉鎖になりかねない。あれはマップの隅からは動けそうにない奴だったが、それでも未知のレアモンスターというのは恐怖の象徴だ。ありもしない偽情報に、カップル達の足は遠のくだろう。

てか俺、そんな事になりかねない奴を、必死に呼ぼうとしてたってことか？

……考えないようにしよう。出てしまったものは仕方がない。それよりもまずは、今後のアレの対処法を考案したほうが建設的だ。

それから3人でのんびりするも、支部長はまだ来なかった。

「本当に忙しいらしいわね。まあ、何で忙しいかは知ってるけど……」

「そうなのか？」

てか、知った上で無理やり呼ぼうとしてるのか。

「でも、この情報の価値はそれくらいあると思います。どれだけ忙しくても、耳に入れていただかないと。今回はショウタさんが狙って出しましたが、不意の事故で出現する可能性もあるということなんですから」

「ところで、時間があるようだし気になってた事を聞きたいんだけど、さっきの『協会ランク』ってなに？」

冒険者にも『冒険者ランク』ってのがあるみたいだけど、興味なかったから詳しく知らないんだよね。

「あ、はい。簡単に言えば、協会内に所属する人たちの、役職や地位を数値化したものです」

「マキがランク3であたしが4。お母さんが6で最大7よ。ざっと説明すると1が見習いで2が中級。3が上級で4が特級。5、6で幹部クラスで7がトップね」

「受付嬢は1〜3です。4から6は支部長職で、7が局長になります。まあこちらは、冒険者達のシステムをお借りしたものなので、協会関係者以外ではあまり役に立ちませんけどね」

そう言って、2人が普段職員として身に着けている名札を見せてくれた。よく見れば、マキのには3つ、アキのには4つの★マークが小さく入っている。これがランクを表すのか。

「ふうん。よくわからないけど、2人が優秀なのはわかったよ」

「えっへん」

「えへへ」

３人で取り留めのない話をしていると、ようやく部屋にノックの音が響き渡った。入って来たのは若い女性と先ほどの受付嬢。名札の★は、４個と２個だった。となると、アキと同格……。つまり、彼女がここの支部長というわけだ。

「遅れてしまい申し訳ありません。会議の最中だったもので」

「ヨウコ先輩おひさー！」

「だ、誰かと思えばアキちゃん⁉　支部長会議にいないと思ったらこんな所に……」

「え、知り合い……てか会議？」

アキの知り合いという事も驚きだが、それよりも聞き捨てならない単語が聞こえた。アキを見ると、彼女は可愛らしく舌を出した。

「実はね、さっきダンジョンに入る際、端末に『緊急で会議を開く』って通知が来てたのよ。でもあたし達ダンジョンにいたわけだし？　デート中だったのと、専属の仕事が優先だから休むって返事したのよー」

「元はと言えば貴女の発案書が会議の発端なのに、当の本人が休んでどうするのよ」

「いやー、ごめんね先輩」

「ほんっと貴女ってば昔から……！」

ダンジョン協会第８１０支部の支部長……。ヨウコさんの口ぶりから察するに、アキは学生時代からこんな感じだったようだ。当時はこの先輩をさぞ振り回したことだろう。そんな情景がありありと浮かぶ。

「それで、何の用？　この子は顔を真っ青にしてるし、会議中にはとてもじゃないけど言えない事みたいだったから、途中で許可をもらって抜けて来たけど……」

「あ、ここからは私が」

「貴女は……妹のマキちゃんよね。アキちゃんから聞いているわ。とっても優秀なんですってね」

マキはにこりと微笑むが、すぐさま真面目な表情に切り替えた。

「本日はお時間を頂き感謝いたします。単刀直入にお伝えします。第一層にレアモンスターを発見」

「なっ⁉」

「そして討伐しました。証拠はこちらに」

そう言ってマキは、青ざめるヨウコさんの前に、ドロップアイテムと、記録した端末を置いた。

安心安全のはずのダンジョンに、未知のレアモンスター。その情報を貰ったヨウコさんは端末を開く前に、マキに確認した。

「出現はいつですか」

「1時間ほど前です」

「付近に人影は」

「一切ありません。私達3人で目撃し、こちらにいるショウタさんが独力で撃破しました」

そこでちらりとこちらに視線が向くが、すぐにマキへと戻した。

「心中お察しします。当然聞きたいこともあるでしょう。ですが、説明のためにも、まずはこちらをご覧ください。出現の状況および、モンスターの映像はこちらの端末で記録してありますので」

「わかったわ……」

沈痛な面持ちでヨウコさんは端末を開く。出てきたのはいくつかの写真と動画だった。写真は出現の時の兆候である動く煙、そしてドロップしたアイテムのもの。煙の写真は、何故か俺にも無色透明に見えた。写真だからか？　でも確かにナニカがあるように見える。

動画は、俺が戦闘を開始するところから始まり、俺の戦いが終わるまでだった。

うーん。バッチリ俺、映ってるな～。あとで聞いたところ、もし内部資料として残すことになったとしても、戦闘をしている冒険者の情報は編集でマスクすることが出来るらしい。当然、その編集者は専属のお仕事だ。

マキの仕事なら信頼できるな。

「こちらが、姉が見たモンスターのデータです」

＊＊＊＊
名前：黄金蟲
レベル：18
腕力：250
器用：20
頑丈：250
俊敏：20

魔力：４００
知力：５０
運：なし

装備：なし
スキル：金剛力、金剛壁、金剛外装
ドロップ：黄金の種、黄金の盃
魔石：大
＊＊＊＊＊

そこには、アキが見たであろう奴のステータスが全て書かれていた。

『鑑定Ｌｖ４』で見れる相手のステータスって、人間と別段変わらないんだな。そしてステータスに小さな端数はなく、システムによって形作られたような感じだ。

「なんですかこの化け物は……。こんなモンスターが、第一層に……」

「『黄金蟲』の名前で、協会のアーカイブデータで検索しましたが、完全に新種でした。しかし、動画の冒頭にも見られるように、このモンスターは手出しするまで、もしくは接近するまでは完全中立のようです。もし見かけても近寄らなければ問題はないでしょう」

「問題はないとしても、コレだけの巨体です。もしも、人通りの多い場所で出現すればパニックは必至ですよ！」

「そこはプロにお伺いしましょう。ショウタさん、このレアモンスターはどこに湧きましたか」

「え、俺？」

確かにプロかもしれないけど、事前に言っておいてほしかった。

「そうだな、マップの隅っこに出現したな。ヨウコさん、第一層の詳細な地図情報はありますか？」

「あ、はい。少々お待ちを……こちらです」

今日ダンジョンに入る際に貰ったのとは、精度も確度も違う完璧な立体地図が出て来た。これはすごい。って言うかほしい。

お願いしたらくれないかな……。いや、機密情報だろうしダメだよな。

「……うん、やっぱりそうだ。このダンジョンの四隅にのみ、同じような森に囲われた広場がある。ここがレアモンスターの出現地点で間違いないと思う」

「思う、では困るんです。確証がない限りは、今後お客様を呼べません！」

それもそうか。……今回の発端は俺だし、ここではいさよなら、と帰る訳にもいかないよな。2年間1度も見つけられていないからと言って、今日明日でまた現れないとも限らない訳だし。

「じゃあ……一般のお客さんは何時までいるんですか？」

「朝の8時から協会の入り口を一般開放し、19時30分には内部のお客様に退出を促します。そして20時には全員チェックアウトをしてもらっています。お休みの日はありません」

「夜の間は、一般の人はいなくなるんですね」

さすが冒険者。休みの日が無い。

っと、感心してる場合じゃない。

「なら、人がいない時にレアモンスターを湧かせて試すしかないですね。この左手前はさきほど試したので、右手前、左奥、右奥。それからマップ中央付近でもそれぞれ湧きがあるかを試して、もし最後のマップ中央での検証で、四隅のどこかに現れるなら安全。似たようなポイントで湧くのなら作戦の練り直しかな」

「レアモンスターの出現管理。それが可能だと?」

「そうですね。まあ、やり方は企業秘密ですが」

ヨウコさんがちらりと左右を見ると、アキとマキが同時に頷く。

アキは若干どや顔だった。

2人にも100匹討伐の条件は伝えていないが、目の前で100匹ずつ数えながらレアモンスターの湧き確認をしていたのだ。詳細を告げなくとも、もう何となくは察しているだろう。

「それは、ご協力いただけるのですか?」

「まあ、調子に乗って湧かせてしまったのは俺ですからね」

「……では、お願いするしかないようですね。日数はどれほどかかりますか」

「最短1日。最長でも3日くらいかな」

これぱっかりは『運』の偏りによるとしか言いようがない。

「凄まじい速度ですね。4体分ですよ? ……それは、今日からお願いしても?」

「じゃあ仮眠するんで寝床貸してください」

こういうのは早いほうが良い。２人には悪いが、俺は今日から泊まりがけだ。

「この部屋の隣に職員用のベッドがあります。そこでお休みください。何か用意する物はありますか？」

「起きた時用の軽食をお願いします。あー……アキ、マキ。こんなことになってごめんね」

「いえ、責任もってやり遂げる。素晴らしい事です」

「胸張って行きなさい。私達も精いっぱいサポートするから」

「あれ、帰らないの？」

２人は業務外だし、帰るんだと思ってたけど……。

「ショウタ君を置いて帰る訳ないでしょ！」

「私達はあなたの専属ですよ。ご一緒させてください。私達もちゃんと休みますから」

「それなら、まあ……。じゃあ、今度改めてデートしよっか。ダンジョン以外で」

「はい」

「うん」

「行ってくるね」

そう言って部屋を出て行った俺は、備え付けの寝間着を借り、ベッドに飛び込んだ。

会議は踊る

ショウタが職員用ベッドで寝息を立て始めた頃、部屋に残った面々はこの後を想定して準備を始めていた。

「本日の受付はすでに終了しているから、あとは中のお客さんがいつ出てくるかによるわね」

「先輩、その辺りはいつもどんな感じなの？」

「入り口から遠くにいる場合は、時間が迫っている事をお伝えして、徐々に入り口方面へと歩を進めてもらう感じね。人がいなくなると、退治する人も減るから、森から綿毛虫が溢れて来ちゃうのよ。ただ、そのペースはかなりゆっくりだから、毎朝7時頃に掃除して回ってるのよね」

「……なら、急がせなくて良いわ。ショウタ君にはゆっくり休んでいてほしいから」

「……そう、大事な人なのね。もう付き合ってるの？」

「「つっ……！」」

2人同時に固まった。

それを見てヨウコはにんまりと笑った。

「あら～、まだなのね～？　うかうかしてると、誰かに取られちゃうわよ～？」

「そ、そんな……」

「だ、大丈夫よマキ。ショウタ君はそんなことしないわ！　先輩、怒りますよ！」

「ご、ごめんねマキちゃん。冗談よ。彼、あなた達の事大事にしているのは見てわかったもの」

ヨウコは、聞いていた以上にマキのメンタルが弱くて驚いていた。

「大事に……えへへ」

けど、持ち直すのも早いようで、悲しみに呑まれていた彼女はすぐに笑顔を取り戻した。

「それじゃ、2人とも休んでいなさい。彼について行くかどうかは任せるから。私は会議で現状起きている事を話してくるわ。その後、アマチさんの持つ、レアモンスター出現調整の技能について、職員たちへの説明も含めて、詳しくルールを制定しましょ。それにしても、爆弾を持ってこられたときは血の気が引いたけど、対処策も用意してくれて助かったわ。もし、対策なしや条件不明のままだったら、即刻営業停止に陥っていたもの。けど、情報がたくさんあるおかげで何とかなりそうだわ」

「あ、先輩。それってオンライン会議よね。お母さん達も参加してた？」

「そりゃね。なに、まさか」

「そのまさかよ！　先輩、一緒に行きましょ！　マキはショウタ君のご飯を用意してあげて。その後、時間があるなら添い寝してても良いわよ」

「ね、姉さん⁉」

ヨウコの背を押して、アキは部屋を出て行った。

残されたマキは、もう1人所在なさげにしていた受付嬢を掴まえ、協会内を案内してもらう事にした。

◇

「皆さま、お待たせしました」

『おかえりなさい、随分かかったけど、何かトラブル？』

『ははは、この2年安定している『ハートダンジョン』でトラブルなどおきまいて』

『ご老公、油断は足を掬われますよ。ですが、あのダンジョンでのトラブルとなれば、一般人が冒険者の注意を無視して、モンスターに突撃するくらいしか考えられませんがね』

『その点、教育をしっかりしているヨウコちゃんなら安心だわ。うちも見習わないと』

席に戻ると、周辺ダンジョンの支部長達が心配したり、持ち上げたりしてくれる。このように評価されるのはありがたい。

しかし、今回は私の責任で生じたトラブルだ。なぜなら、最初の調査段階で発見されなかったため『いない』と判断し、そこからカップルのデートコースとして運営を始めたのだ。もしも今回、発見したのが彼らではなく、一般の参加者だったとしたら、どんな事態になっていたか……。

尊敬する先輩方に失望されるのは怖いが、これは私の失態。責任をもって説明しなければ。

「いえ、重大なトラブルが発生しました。今回の議題を遮ってしまうほどのものです。本当に申し訳ありません」

『……』

沈黙が返ってくるが、『初心者ダンジョン』勤務の頃からお世話になっていた、ミキさんは優しく声をかけてくれた。

『ヨウコちゃん、何があったの？』

別の協会に移動し、支部長の役職に就いた今でも、この人はあの頃のように、娘の1人として扱ってくれる。その事に、本当に頭が上がらない。

「第一層に、データベースにない完全新種のレアモンスターが発見されました。発見者は外部の冒険者で、その場には『鑑定Lv4』をもつ協会員が随行していました。これは、その際に能力値を書き留めてもらったものです」

アキが調べたデータを転送する。各員はその内容に驚くが、慌てる様子はない。彼らは皆、歴戦の猛者《もさ》達だ。

そんな中、一際冷静に確認をしてくれたのは、やっぱりミキさんだった。

『Lv4を持つ協会員の場合、『協会員ランク』は最低でも3以上。そしてこのタイミングでヨウコちゃんのダンジョンにお邪魔していそうなのは……。アキ、そこにいますね？』

「いえーい！」

アキちゃんがダブルピースでカメラに映り込んできた。

『おお、アキちゃんではないか！』

『元気そうじゃのう！』

『アキちゃんは今日も元気いっぱいね』

相変わらず、先輩たちから孫のように可愛がられているわね。そんな和やかな空気の中、オンラインにもかかわらず冷えた空気をカメラ越しに感じさせる女性が1人。

『アキ……なにをしてくれてるのかしら？』

「あれ、怒ってる!?」

『あなたがいるという事は、マキと彼もいますね？　湧かせたのは彼、ですね？』

「そー。彼がどうしてもやりたいって言うからさー。応援してあげたの！」

『アキちゃんに彼氏じゃとぉ!?』

『どこのどいつじゃ！』

『あらあら、どんな子かしら』

レアモンスターの情報そっちのけで会議は踊る。こんなに賑やかな人たちだけど、仕事モードに入れば本当に頼りになる先輩たちなのだ。今は私も茶化す側に回ろう。

「あれ、まだ片思いのはずだったよね？」

「そ、それは、そのー」

『な、なんじゃとー!?』

まだ片思いという情報に、彼らの熱は更にヒートアップした。

しかし。

『静かになさい』

その瞬間、騒めきはピタリと止まる。

今まで一度も口を開かず見守っていた、日本ダンジョン協会第一本部局長だった。

『アキさん、ミキさん』

『「はい」』

『今回の件、並びに新種のレアモンスターの件。同じ人物によるものと聞いていますが、間違いありませんか？』

本部局長ともなれば、自前の情報収集を任とした専門部署を持っていると聞く。

彼らを抱えている本部局長を前に、隠し事は不可能に近い。

『「……間違いありません」』

『その人はアキさんにとって、大事な人であると？』

「はい！」

『……わかりました。ではアキさん、レアモンスターとの戦い、動画に収めていますか？』

「撮ってます！」

『では皆さん、動画内で確認すべきはレアモンスターの全容だけです。そこに映っている人物について、下手に嗅ぎ回らぬように。よろしいですね』

誰もが彼の言葉に逆らうことなく頷くだけだった。

「おじいちゃんありがとー！　大好き!!」

『ふふ。では、早速動画を見させてもらいましょうか』

[デートをするならここ]Ｎｏ．８１０ハートダンジョンについて語るスレ　[第２１階層目]

１　名前：名無しの冒険者
ここはＮｏ．８１０ハートダンジョンに集まる、冒険者の為の掲示板です。ルールを守って自由に書き込みましょう。

第一層から第三層までは、管理協会にてデートコースに指定されています。無暗な討伐は控え、一般客とのトラブルは起こさないよう、極力避けて行動してください。デートコースの範囲は協会で地図が配られていますので、持っていない方は申告するようお願いします。

デートコースの予約、案内はこちらの協会サイトへアクセス！

↓　↓　↓
＊＊＊＊＊＊＊＊

次のスレッドは自動で立ちます

◇

１３０　名前：名無しの冒険者
ここのスレはいつ見ても人がいねえな
今誰かいるかー？

１３１　名前：名無しの冒険者
おう、いるぞー
第四層に行く奴なんて滅多にいないしな。普通はこんなもんだろ

１３２　名前：名無しの冒険者
お、珍しいな。俺以外にも人がいるか

１３３　名前：名無しの冒険者
他のダンジョンでの攻略に疲れたら、ここのダンジョンでのんびりした時間を過ごすのも乙なもんだぜ。ただまあ、旨味があまりにもなさすぎるから、ここで狩りするやつなんて滅多にいねえが
ちなみに今日は第二層でアバンチュールの予定だった

134　名前：名無しの冒険者
今北
お前らあれだよな？
あの両手に花を見てここに来た口だよな？

135　名前：名無しの冒険者
そうだよｗ
装備が中堅だったし、それなりの冒険者なんだろうが……
Ｗデートとは許すまじ
爆発しろ

136　名前：名無しの冒険者
連れてた２人、どっちもレベル高かったよな。顔も似てたし姉妹かもな
マジ裏山
殺意でどうにかなりそうだったぜ

137　名前：名無しの冒険者
あの姉妹、冒険者には見えないし……一般か？

138　名前：名無しの冒険者
かもな。もしあれが受付嬢だったら、その協会は発狂者多発するレベルだろ

139　名前：名無しの冒険者
今北ー
その姉妹って、どんな感じの子達だったんだ？

140　名前：名無しの冒険者
姉っぽい方は金髪ポニテで、元気あり余ったテンション高めの子だったな
妹の方はお淑やかで大人しめの、ザ・御令嬢って感じの子。髪はピンク髪のボブカだったかな

141　名前：名無しの冒険者
なあ、それってこの子達じゃね？
＊＊＊＊＊＊＊＊

▶▶▶▶

142　名前：名無しの冒険者
あ、この子達だわ
……って、どっちも受付嬢！？
しかも姉の方はランク４で、妹も上級のランク３じゃねえか
何者だ、あの男

143　名前：名無しの冒険者
所属協会見てみろよ、お隣さんだぜ

144　名前：名無しの冒険者
ほんとだわ
初心者ダンジョンか……懐かしいな〜

145　名前：名無しの冒険者
今隣のスレ見てきたんだが、どうやら根強いファンクラブがありそうだ。特に妹の方

146　名前：名無しの冒険者
姉はねえの？
結構な美人さんだったのに

147　名前：名無しの冒険者
見た感じ無いな。
まあ、ランク４じゃな。受付業務はしないから、人目に付かないんだろ

148　名前：名無しの冒険者
それもそうか

149　名前：名無しの冒険者
俺もスレ見てきたわ。
今日は欠勤だとかで嘆いてる連中が大勢いたぞ

150　名前：名無しの冒険者
……ここのスレの情報、教えたらどうなんのかな？

151　名前：名無しの冒険者
いいぞ、俺が許可する
（おい、トドメを刺してやるなよ）

152　名前：名無しの冒険者
本音出てますよ

153　名前：名無しの冒険者
おいおい楽しそうだな、俺もまぜろ

154　名前：名無しの冒険者
顔にモザイク入れた写真で良ければ流すよ
＊＊＊＊＊＊＊＊

155　名前：名無しの冒険者
モザイク強すぎｗ

156　名前：名無しの冒険者
いやー、ファンならわかんじゃね？ｗ

157　名前：名無しの冒険者
お隣のスレと女神スレに投下してきたｗｗｗｗｗ

158　名前：名無しの冒険者
ワロスｗｗｗｗｗｗ

◇

その日、普段過疎っているはずのスレが、数時間後には次のスレが立てられるほど賑わうとは、この時誰も予想だにしていなかった。

初めての報酬

『ピピピ、ピピピ』

「……んぁ」

もぞもぞと手を動かし、アラームを止める。

時刻を見ると、『20：10』

……3時間くらいは眠れたかな。

こんな時間に眠るなんて、ここ最近は経験なかったけど、意外とスッキリとした気分だ。だけど、部屋の電気をつけた瞬間、心臓が止まるかと思った。

「!?」

狭いベッドに、添い寝する女の子が1人。

マキだ。

そろーっと後ろを見るが、そちらは誰もいない。アキはこの場にはいないようだった。しかし、なんでまた。酒気に当てられたわけでも無いのに……。

とにかく起こさないようにゆっくりと起き上がり、装備を整える。

改めて彼女を見ると、本当にぐっすり眠っているようだ。そっと、布団を掛けなおしてあげる。

ダンジョンの帰りに聞いたのだが、アキは支部長兼、受付嬢でありながら、暇があればダンジョンに遊びに行ったりするくらいフットワークが軽いらしい。なんでも、『鑑定』の能力を用いた、『調査員』という役職もあるとか。

だがマキは、事務仕事がほとんどで基本的に協会から出ない。なので、今日1日ダンジョンで遊び回って……というか俺のアイテム回収に走らされて、かなり疲れたのかもしれない。

彼女の寝顔を見納めて、電気を消して部屋を出た。すると、アキが待ち構えていた。

「あら、お目覚めね」

「……あれ、アキの仕業？」

「そんな訳ないでしょ。会議が終わって見に行ったら、ああなってたの。……あの積極性、妹ながら惚れ惚れするわ」

アキが小さくぼやく。

「ねえ、ショウタ君はさ」

「うん」

「あの子の事、どう思ってるの？」

「え？　いや、まあ……。ずっと一緒にいてほしいかな」

マキとはまだ出会って数日だけど、彼女のサポートなしでの冒険は、もう考えられないくらい助けられてる。今日みたいなトラブルは滅多にないとしても、もしまた何かあれば、きっと力になってくれるだろうし。専属になった以上俺と疎遠になる事は考えにくいけど、仲良くやっていきたいな。

「……なら、良いわ。ちゃんと大事にしてあげてね」

「勿論、大事にするよ。……アキもね」

そう伝えると、アキは顔を赤くする。

「あ、あたしはその……。って、それは別に良いじゃない。そろそろ作戦会議の時間よ、準備しましょう」

アキはしばらく顔を合わせてくれなかったが、足取りは軽かった。女心は難しいな。

◇

俺とアキ、ヨウコさん。それから『鑑定』持ちの受付嬢兼、調査員5名。それを守る熟練のボディーガード役の冒険者15名。

合計23人が、ダンジョンの第一層入り口に集まっていた。ヨウコさんが陣頭指揮を執る。

「皆、良く集まってくれたわ。本日このダンジョンにて、未確認の新種レアモンスターが発見されたわ。動画を見たと思うけど、彼がその発見者であり、今作戦の要であるアマチさんよ。今回の作戦は、内容も、起きた出来事も、外部に漏らすことは一切厳禁とします。また、レアモンスターは彼が倒してくれるそうなので、ドロップしたアイテムも彼のものとします。私の信頼しているメンバーだから、期待を裏切る真似をするなんて、心配はしていないけどね」

こんなに多くの人が俺の考えた案に乗ってくれるのか。そう思うと、少し緊張してきた。

「まず、調査員1冒険者3の4人1組のチームを5つつくるわ。A～D班はマップ端付近の広場で待機。E班はマップ中央にある巨木の傍で待機を。各チームの調査員はこの専用トランシーバーを持って、いつでも返事が出来るようにしていなさい。アマチさんは作戦通り、マップに記した箇所の付近で、レアモンスターを呼び出してみて。今回の作戦、皆不安があると思うけど、『第一本部局長』からの認可も下りているわ。悪いけど、朝まで付き合ってちょうだい」

『はい!!』

「いい返事。それじゃ、皆行動開始よ!」

各チームが走って移動していくのを確認し、ストレッチをしているとアキから座るように言われた。

「え、なに?」

「はいこれ、ショウタ君の晩御飯」

「ああー……忘れてた」

「全くもう、気を付けなさい。お腹が空いて動けないじゃ、話にならないわよ。これ、マキが作ってくれたんだから、味わって食べる事!」

「マジで? 今もう食って良いかな?」

「ふふ、良いんじゃない? 誰も邪魔する人はいないわ」

「アマチさんの作戦開始は10分後としますから、ごゆっくりどうぞ」

「それじゃ、いただきまーす」

◇

やっぱりマキの作ってくれるご飯は活力が出るな。まあ流石に、家じゃないから売店で販売されてるものとかも交ざってはいたけど、それでもおかずの並べ方ひとつで、味や気持ちは変わるものだ。

トランシーバーを持ち、最初のチェックポイントに向かう。

「A班、作戦を開始する。目標地点に問題は無いか？」

『こちらA班。異常ありません』

「了解。すまないが、俺も確実に出現させられる自信はない。場合によっては時間がかかる可能性もあり得る。気長に待っていてくれ」

『了解。合図を待ちます』

マップを展開すると、周囲にモンスターの影がずらりと並んでいる。そして、今日の昼頃『黄金蟲』と戦ったポイントには、しっかりと白点が４つ並んでいる。

このポイントに関してはもう出てくる事は解っている為、本来は試す必要は無いのだが、『一番近い場所に出現する』という法則は俺の経験則から来るものだ。それを全て鵜呑みにするわけにはいかないということだろう。その為まずは、俺の合図と共に本当にレアモンスターが出現するかどうかを、しっかりと目撃してもらう必要がある訳だ。

今回の件、ヨウコさんにはそれとなく伝えたが、『モンスターを一定数討伐すること』が条件であることは伏せてもらっている。いくらお偉いさんの命令や指示があろうとも、人の口に戸は立てられない。なので、『何か特別な方法で討伐する事』でレアモンスターを湧かせる、という流れになっている。

ヨウコさんは信用出来ると言っていたが、それと俺が信頼するかどうかは別の話だからな。そもそも、100匹討伐は大事な2人にすらまだ言ってないんだから。

さて、ここから100匹ずつ狩っていくわけだが……。

「ようやく誰もいない時間になったな」

待ちに待った、ガチャのお時間だ！

念のため、森の外周部にある巨木の裏でスキルを使用する。

そして「10回ガチャ」を押した。


『ジャララ、ジャラララ！』

出てきたのは青5、赤4、緑1だった。


『R　腕力上昇＋8』

『R　器用上昇＋8』

『R　頑丈上昇＋8』

『R　俊敏上昇＋8』

『R　知力上昇＋8』

『SR　魔力上昇＋18』
『SR　知力上昇＋18』
『SR　知力上昇＋20』
『SR　スキル：身体強化Lv1』
『UR　スキル：鷹の目』

＊＊＊＊＊

名前：天地　翔太
年齢：21
レベル：20
腕力：223（＋200）
器用：230（＋207）
頑丈：238（＋215）
俊敏：249（＋226）
魔力：214（＋193）
知力：214（＋193）
運：518

スキル：レベルガチャ、鑑定Lv3、鑑定妨害Lv5、自動マッピング、鷹の目、金剛外装、身体強化Lv8、怪力Ⅱ、金剛力、迅速Ⅱ、金剛壁、予知、剣術Lv1、投擲Lv2、炎魔法Lv1、水魔法Lv1、魔力回復Lv1、魔力譲渡

＊＊＊＊

「UR《ウルトラレア》!?　なぜ急に……って、『運』が500を超えたからか！　やっぱ『運』だよな〜。『運』がなきゃ、始まらな、い……ん？　『運』がなきゃ、始まらない……？」

もしかして……。

いや、でも、それしか考えられないよな。

レアモンスターの煙を思い出す。俺と、アキやマキとの違い。一般の冒険者との違い……。

それしか、ないよな？

「規定の『運』に達していなければ、煙をしっかり目視する事が出来ない……？　場合によっては、規定の『運』に達していなければ、レアモンスターを湧かせることすら出来ないとか？」

『運』の有無によって、レアモンスターの出現そのものが、決められている？

「もしもこの仮説が正しいとしたら、誰もここのレアモンスターを見たことがないというのも、納得出来る。そもそも湧かせられる条件を、誰も満たしていなかったんだから」

けど、スライムの延長線上である『虹色スライム』は、『運』がたったの60で湧かせることが出来た。順当に行けば、あの程度の『運』では黒から虹への変化率は1％くらいしかなかったはずだ。

対して今回の『黄金蟲』。俺のガチャを回す前の『運』、454ですら確定ではなかった。それどころか、400匹目でようやく出たくらいだ。期待値は25%。

もし本当に25%しかなかったのであれば、『運』が10の人が呼び出そうとした場合の確率は……。0・6%か。出現率が1%を割る場合、出現しない可能性がある、と?

「……仮説としては面白いが、これの通りだとした場合、『運』が18以上の人だけ要注意とする形になるのかな?」

中々面白いテーマだ。考え出すと止まらなくなりそうだが……。

『こちらA班。調子はどうですか』

「あ、もう少しかかる」

『了解しました』

おっと不味い不味い。考え事に耽っていた。

今回はアイテム拾いはなし。ひたすら狩るか!

◇

「これで99!」

さきほど『UR』で出てきた『鷹の目』は本当に便利なスキルだった。簡単に言えば、今自分がいる位置から、直上10mくらいの位置に、俯瞰で見られる視野が追加されたようなものだ。更に、このスキルは『自動マッピング』とシナジーがあるようで、2種類の合わせ技が使用できた。

1：未開の森などの見通しの利かない場所でも、一度のスキルで広範囲がマップに反映されるようになった。
2：『鷹の目』の効果範囲であれば、たとえ障害物の向こうであっても、モンスターの姿を鮮明に見る事が出来る。

初めての場所なら1が便利で、2を使えばモンスターの姿形だけでなく、どの方向を見ているかまで正確に把握できるのだ。特定のモンスターを狙って討伐する事が日課の俺には、非常に便利で使い勝手の良いスキルだった。

「100！」

死体から流れ出る煙の様子を見守る。今の運なら、大体3回に1回は出てくれるはずだが……。


『ボコボコ』


「出た！　A班、応答を」

『こちらA班』

「レアモンスターの予兆を確認した。数分以内にそちらに出現する」

『了解しました！　総員、防御態勢！』

隅っこまでは少し距離があるようだが、綿毛虫のフォルムになった煙は地面を滑るように動き出した。その速度は、1度目よりも速い。

「距離に応じて速度が変わるのか？　なら、煙の出現から到着まで、毎回同じ時間になるのか？」

考え事をしていると、目標地点に到着。A班と合流を果たす。

「待たせてすまない」

「ご苦労様です！　あれが、レアモンスター出現の煙……！」

ふむ。モンスターが煙になった瞬間の煙は目視出来ないけど、出現間際の煙は知覚できるのか……。もうほぼレアモンスターが中にいるから見えてるのかな？

そう思っていると、本日2度目の『黄金蟲』が現れた。

「おお……」

「本当に出たぞ！」

「こちらA班。全隊に告ぐ。目標の出現を確認。動画と全く同じ、黄金のモンスターです！『鑑定』情報に誤りありません！」

やっぱりというか、レアモンスターを狙って出せるなんて与太話、信じてはもらえてなかったらしい。護衛の冒険者達からはそんな意味合いの呟きが漏れる。

『本部了解。アマチさん、討伐をお願いします』

「アマチ了解。……じゃ、ちょっと危ないので下がっててください」

「はい、お気をつけて！」

調査員が護衛と一緒に森の中へと入っていく。

「さて……」

改めて見ると、『黄金蟲』は出現と同時に『金剛外装』を使用しているようだ。つまり、何をどうしても初撃はあれに無効化されてしまうという事。

なら……。

「おりゃ！」

足元に落ちていた石ころを投げてみた。


『ガンッ！』


『シュルル⁉』

案の定『金剛外装』は効力を発揮し、消失した。ある程度の威力があればそれだけで発動しちゃうのか……。ふむ、俺が使った場合でもそうだけど、くだらない攻撃で無効にされちゃたまったもんじゃないよな。

避けられるものは、今後もしっかり避けてやらないと。

『シュルル‼』

『黄金蟲』はなんだかお怒りのようだ。威嚇のつもりなのか頭をこちらに向けて吠えている。……けど、『金剛外装』は使用しないようだ。それに、『金剛壁』を使用している圧力も感じない。

「隙だらけだぞ。『怪力Ⅱ』『迅速Ⅱ』使用」

『斬ッ!!』

【レベルアップ】
【レベルが20から39に上昇しました】

『黄金蟲』はあっけなく倒れてしまった。攻勢に出る暇を与えなければ、本当に弱いんだな。アイテムは……案の定全部出たな。

今回の作戦に際して、ヨウコさんが説明をしてくれていたけど、アキが事前に、いくつか取り決めをしてくれていた。そのほとんどが、俺の事に対する秘密ごとなわけだが、一番重要なのがドロップ品だ。

ドロップしたアイテムは、全て俺のものにして良いというものだ。まあ、レアモンスターの出現検証と、責任もっての討伐という外部のお手伝いさんという立ち位置なので、この報酬は適切だと思う。そもそも、湧かせてるの俺だしな。

この作戦中、内部にいるのは俺達23名のみ。護衛はその間モンスターの討伐は厳禁としている為、湧かせるために何らかの行動を起こしているのは俺だけという事だ。

あと、ドロップしたスキルについてだが、当然3つとも『Ⅱ』にしてやりたいので、スキルは全て重ね掛けに使用した。『黄金の種』と『黄金の盃』をリュックに詰め込み、次の地点へと向かう。

「それでは移動する、最後のポイントEではどこに出現するか分からないので、すまないがこのまま
まここで待機を頼む」

「了解しました。ご武運をお祈りします」

そうして、『黄金蟲』狩りが始まった。

「報告。B地点撃破を確認しました！」

【レベルアップ】

【レベルが19から39に上昇しました】

「報告。C地点撃破を確認しました！」

【レベルアップ】

【レベルが19から40に上昇しました】

「報告。D地点撃破を確認しました！」

【レベルアップ】

【レベルが20から39に上昇しました】

「これよりE地点へ向かう。少し休んでから行くのでちょっと待っててくれ」

『了解しました。連戦でお疲れでしょう、ゆっくりで構いません』

「申し訳ない」

D地点を突破した後、俺は遅れると連絡を入れた。

それはなにも、本当に疲れていた訳ではない。

D地点のレベルアップの時点で、ガチャの中身が【10／110】だったからだ。

俺は、モンスターも人もいない森の木陰に座り込み、最後の「10回ガチャ」を回した。

A～D地点の『黄金蟲』を討伐したことで得たレベルで、都度都度ガチャを回し、合わせて40回分の内訳は、以下のようになった。

青16、赤16、紫7、緑1。

『運』が500を超えてから50回も引いた訳だが、『UR』は累計2個と、かなり希少らしい。それと、青の『R』から+6が出なくなったのも、『運』による補正かもしれないな。

『R　腕力上昇+7』

『R　腕力上昇+8』×3

『Ｒ　器用上昇＋７』
『Ｒ　器用上昇＋８』×２
『Ｒ　頑丈上昇＋８』×３
『Ｒ　俊敏上昇＋７』
『Ｒ　俊敏上昇＋８』
『Ｒ　魔力上昇＋７』
『Ｒ　魔力上昇＋８』
『Ｒ　知力上昇＋８』×２
『ＳＲ　腕力上昇＋２０』×２
『ＳＲ　器用上昇＋２０』
『ＳＲ　頑丈上昇＋１８』
『ＳＲ　頑丈上昇＋２０』
『ＳＲ　俊敏上昇＋２０』
『ＳＲ　魔力上昇＋１８』×２
『ＳＲ　魔力上昇＋２０』
『ＳＲ　知力上昇＋２０』
『ＳＲ　スキル：鑑定Ｌｖ１』×２
『ＳＲ　スキル：自動マッピング』

『ＳＲ　スキル：身体強化Ｌｖ１』×２
『ＳＲ　スキル：投擲Ｌｖ１』
『ＳＳＲ　腕力上昇＋５０』
『ＳＳＲ　頑丈上昇＋５０』
『ＳＳＲ　俊敏上昇＋５０』
『ＳＳＲ　スキル：二刀流』
『ＳＳＲ　スキル：風魔法Ｌｖ１』
『ＳＳＲ　スキル：土魔法Ｌｖ１』
『ＳＳＲ　スキル：魔力回復Ｌｖ１』
『ＵＲ　スキル：スキル圧縮』

＊＊＊＊＊

名前：天地　翔太
年齢：２１
レベル：１９
腕力：３４３（＋３２１）
器用：２７２（＋２５０）
頑丈：３４９（＋３２７）

俊敏：３３３（＋３１１）
魔力：２８４（＋２６４）
知力：２４９（＋２２９）
運：６７８

スキル：レベルガチャ、鑑定Ｌｖ５、鑑定妨害Ｌｖ５、自動マッピング（１／３）、鷹の目、金剛外装Ⅱ、身体強化ＬｖＭＡＸ、怪力Ⅱ、金剛力Ⅱ、迅速Ⅱ、金剛壁Ⅱ、予知（１／３）、二刀流、剣術Ｌｖ１、投擲Ｌｖ３、炎魔法Ｌｖ１、水魔法Ｌｖ１、風魔法Ｌｖ１、土魔法Ｌｖ１、魔力回復Ｌｖ２、魔力譲渡、スキル圧縮

＊＊＊＊

『ボックスの残り０／１１０』


今日このダンジョンに入る前と比べて、かなり成長したな。

特筆すべきはまず、『鑑定Ｌｖ５』だ。Ｌｖ５になったことで見られる情報が増えた。それは、敵の７種のステータスだけではなく、自分のステータス画面にも変化があったのだ。

それが、『Ⅱ』にするために重複使用したスキルの、現在状況が見られるようになった事だ。当然、重複使用していなければ反映されないため、一般的に『鑑定Ｌｖ５』は無用の長物として扱わ

れているのかもしれない。

重ねなければ確認のしようが無いなんて、酷い話だ。

第二に、『黄金蟲』からドロップするスキルは全て『Ⅱ』へとアップグレードした。『Ⅲ』にするにはいくつ消費するのか不明な以上、ちょっともったいない事もあり、一日保留中。『鑑定』のおかげで必要数が分かった事だし、まずは今後も簡単に取れる『怪力』や『迅速』で『Ⅲ』に必要な個数を見てから考える事とする。

第三に、『身体強化』がLvMAXになった。いまなら、『頑丈』ステータスも合わせる事で、『迅速Ⅱ』の能力で最大加速しても問題なさそうだ。

第四に、『二刀流』の存在だ。読んで字のごとく、剣2本を装備して戦うことの出来るスキルだ。別になくても2本持つ分には問題ないが、まともに扱うにはかなりの修練が必要だろう。このスキルは、その時間を短縮してくれる。問題は、俺は予備の剣というものが無いことだ。

この切れ味の鋭く、扱いやすい新武器の『御霊』。もう1本お願いしたら発注してくれるだろうか。

そして最後に、『UR』から出た新スキルの『スキル圧縮』だ。これも読んで字のごとく……かと思うが、『二刀流』と違ってこちらは参考データがない。もしかしたら、『レベルガチャ』専用に排出されるスキルなのかもしれない。一般的な冒険者では、考えられないスキルの量だもんな。

そのようにして、成長したステータスを吟味していると、カプセルトイマシーンが光を放つ。

ああ、忘れていた。全部引き切ったんだったな。

2回目の更新

光が収まると、やはり最初の時のように変化が起きていた。

筐体の色は青から赤に。これは恐らく、『R』から『SR』になったということだろうか。

そして正面の張り紙だ。書かれている内容の一部が変化している。


『バージョンアップ！　出現する増強アイテムの効果が高まりました！』

『バージョンアップ！　ガチャの消費レベルが２⇓４に上昇しました！』

『バージョンアップ！　「10回ガチャ」だけでボックスを消費した為、最大数が増加しました！』

『ＳＳＲ以上から、アイテムが出現するようになりました！』

『10回ガチャはＳＲランク以上が確定で５個以上出ます』

『ボックスの残り１２０／１２０』


「今度はガチャを引くのにレベル41からか。次は10増えて、31で来るかと思ったが……。最近頻繁に30を超えてるし、そんなに甘くは無かったな。アイテムも気になるけど……今はまず、『スキル圧縮』だよな」

【スキル圧縮を使用しますか？】

初めて『レベルガチャ』を使用した時のような、確認を促すメッセージが出現する。

まあ、『ＵＲ』なんだから変な事にはならないだろう。

「……使用する！」


【該当のスキルを確認中……】


【該当のスキルを確認】

【該当のスキルを圧縮中……】


【該当のスキルを圧縮成功】

【ＳＲスキル『身体強化ＬｖＭＡＸ』を圧縮。ＵＲスキル『身体超強化Ｌｖ１』に圧縮成功しました。以後、該当スキルは元のランクからは出現しません】


【該当のスキルを圧縮成功】

【ＳＳＲスキル『炎魔法Ｌｖ１』『水魔法Ｌｖ１』『風魔法Ｌｖ１』『土魔法Ｌｖ１』を圧縮。ＵＲスキル『元素魔法Ｌｖ１』に圧縮成功しました。以後、該当スキルは元のランクからは出現しません】

「本当に圧縮された。……『身体超強化』『元素魔法』……うお、最前線プレイヤーが所持してる⁉　すごい、けど……詳細は無いな」

とりあえず、合体した以上は元の技能より劣る事は無いだろう。魔法に関しても、イメージで見る限り使える魔法は変わっていないみたいだ。今後、これらのスキルを成長させるには『UR』から当てるしかないみたいだな。

『UR』なんて、今の状態でようやく見かけるようになったばかりなのに……。

きっついなぁ。

「……って、そろそろ良い時間だな。最後の1匹、やりますか！」

俺は懐からトランシーバーを取り出し、喉を鳴らす。

「んんっ。こちらアマチ、現在E地点に接近中。各班、状況報告を」

『こちらA班、異常なし。いつでもどうぞ』

『こちらB班。同じく問題ありません』

『こちらC班。大丈夫です～』

『こちらD班。休憩は短かったですけど、平気ですか？』

『こちらE班。お待ちしております』

うん、大丈夫そうだ。時刻はまもなく午前1時。

俺は仮眠を済ませたけど、彼らは働き詰めなんだよな……。早く休ませてあげたいし、さっさと狩るか。

それにしても、調査員は現役の受付嬢でもあるわけなんだよな。皆、トランシーバー越しでも声が可愛かったり色気があったりと、ちょっとドキドキする。ちょっと元気貰えるな～。

さて、そう思っているうちにE地点に到着だ。

「お待たせしました」

「ご苦労様です。ではアマチさん、この周囲の森で、例の作業をお願い出来ますか？」

「了解」

今の俺の『運』なら、期待値40％ってところか。

そして、新しいスキルのお試しだ！

◇

そうして、100匹では湧かず、200匹目にして予兆があった。

「予兆発生！」

『『『『了解』』』』

さて、どこにいくか……。

おっ……。中央から若干ずれていたからか、偏ってる方向の角に向かってるな。

「C班、そっちに向かった。かなりの速度だ、俺の全速力より速い！」

『了解しました～』

討伐位置と出現地点との差で移動速度が変わっていたけど、やはり1分前後で到着するように設許されているようだ。『迅速Ⅱ』と『身体超強化Ｌｖ１』を使っても追いつけない速度で移動している！

「速すぎだろ!!」

一瞬で見失ってしまった。

しかもあの煙、途中の木々を完全に無視してる。実体のない煙だからこそできる芸当だな。逆に俺は、このスピードであの密集地帯を抜けられる自信はない。少し速度を落としてでも、真っ直ぐ走る事を意識しよう。

『え、駄目ですよ～。やめておきましょ～？』

なんだ？　トランシーバーから、Ｃ班の調査員の声が聞こえる。

「Ｃ班、どうした」

『早速ですが、こちらでレアモンスターの出現を確認しました～。ですが、アマチさんが簡単に倒していくものですから、冒険者さん達がやらせてほしいと～』

「はぁ!?　おいおい、優先権は俺にあるんだろ？」

確かに簡単に倒していた。もう既に奴の動きは見切っていたので、わざわざ長期戦をする必要が無いと思ったからだ。だから湧いた瞬間に石を投げ、障壁を割ったところに一撃必殺を叩き込む。そうすることで、戦闘時間は10秒もかかっていなかっただろう。

だけどそれで、相手を弱いと断じるのはよろしくない。

『一応規定では、ドロップに優先権がありますけど、討伐権などは設けていませんでした～。ですが、そもそも湧かせたのはアマチさんなので～』

「だよな⁉」

調査員の子はその辺りの道理がわかっているようだ。普段の、人が無数にいる時なら優先権の証明は出来ないが、今日この場に限っては、モンスターを倒しているのは俺だけなのだ。俺が湧かせているのは証明済み。規約で約束していないとはいえ、俺が倒すべきところだろう。

そこに、トランシーバーから調査員についてきていた冒険者の声が聞こえた。

『アマチさんよ、悪いがやらせてくれ。もしもの時に備えて、自分達で対処出来るか確認しておきたい。ちゃんとドロップは渡してやるからさ、譲ってくれよ』

「理屈は分かるが……。そういうのは先に話を通しておいてくれ」

『まさか本当に呼び出せるなんて思ってもいなくてよ。で、どうだ？　折角の機会なんだ。譲ってくれねえか』

そうは言うがな……。

そもそも、俺以外が倒したところで、ドロップは何もない可能性の方が高い。ボスの経験値も当然入らない。つまり、これじゃあ完全に無駄働きだ。

「……はぁ」

あぁ、なんか……。急に、馬鹿らしくなってきたな。

今回は、彼らが今後、このダンジョンを運営していくのに苦労すると思って、助けるために協力を申し出たのに……。

まあ俺が、その崩壊の引き金を引いたんだけども。

俺は走るのをやめ、トランシーバーを起動し、気怠げに本部へ連絡する。

このトランシーバー、個別通信ではなく、常にフルオープンだ。なので、他の人達が喋ってる間は、基本的に皆黙っているだけで、今の会話は全員が聴いている。

「本部。だそうだが？」

『アマチさん、申し訳ありません。うちの冒険者が勝手をしてしまって。ですが、彼らの言い分もわかるんです。もしも緊急時に戦う事になれば、こちらの人員で戦うしかありません。その時に備えて、安全なうちにテストをしておきたいんです。今回の件、後日改めてお詫びをさせていただきますので、どうか最後の1匹、譲っていただけませんか』

ヨウコさんが頭を下げているのを、トランシーバー越しに感じる。

上の人に頭を下げさせてまで、断るわけにはいかないじゃないか。

『はい、借りるよー。……ショウタ君、確かに今回の規約だと、ドロップは君のものだけど挑戦権までは確保できていなかった。こうなることを想定していなかったあたしのミスだ。ごめん』

「……事前説明もなしに盗られたこともそうでしたが、アキを謝らせたことが、今一番ムカついていますよ」

『ショウタ君……！』

「今日は、帰らせてもらいますね」

『うん、お疲れ様。それじゃ、せんぱーい？　お詫びの品、期待してますねー？』

『ええ、色を付けさせてもらうわ……』

話は終わった。トランシーバーからは、各班がC地点に集まるよう指示が流れているが、もう聞く必要はないだろう。そう思っていると、トランシーバーから俺の名を呼ぶ声が聞こえた。

『……チさん、アマチさん～！』

「……ん？　C班の子かな？」

『はい～。こ、こんなこと言えた義理じゃないんですけど～』

「なに？」

ぶっきらぼうに返答すると、そこから想定外の言葉が聞こえてきた。

『死にたくないので助けてください～！』

「……なんで？　君のとこの冒険者達が倒すんだろ？」

『このレアモンスター、1回目に見た時とは、ステータスは違うしスキルも増えてるみたいなんです～！』

「な、なんだって⁉」

見た目は同じで、けど強化されていてスキルが増えてる？

なぜだ？　レアモンスターからレアモンスターが生まれたわけではない。俺は今回も、いつものように湧かせただけだ。なら、何がトリガーになった？

まず、いつもより多くレアモンスターを倒しただけだ。あとは、全ての湧き地点を制覇したくらいか。それから、一番遠い位置から湧かせたくらいだが……。これは関係ない気がする。

途中で日付は変わっているのに、強化されたレアモンスターが出てきたことから考えて、制覇後24時間制限とかか。それともダンジョンの出入りをせず、一定時間内に5匹撃破が条件か。または、今後俺が湧かせれば必ず強化体が出てくるのか。最悪の場合は、今まで出なかっただけで、最初から確率で出るのか……。

考え出したらキリが無い。だが、直接見ずに、どうするってんだ！

「C班！　俺が行くまで手を出すな！　後日また1匹出してやるからそれまで我慢しろ！」

『皆さん、構いませんよね～？』

調査員の近くにいるのだろう。冒険者達の声をトランシーバーが拾った。

『……カナタちゃんは、俺達じゃ勝てないと思うのか？』

『普通のレアモンスターならなんとかなると思いますよ～？　ただ、こっちのは……死ぬと思います～』

『そうか……。わかった、アマチさんよ、何度も悪いな。まだ手を出してねえから、急いで来てくれや』

「ああ、待ってろ！」

予想外の展開だが、これは楽しめそうだ！

移動する間も、トランシーバーからは『黄金蟲』の情報が更新されていった。
まず、C班の調査員が確認したモンスターのステータスはこうだ。

＊＊＊＊
名前：黄金蟲
レベル：36
腕力：375
器用：30
頑丈：375
俊敏：30
魔力：600
知力：75
運：なし

装備：なし
スキル：金剛力、金剛壁、金剛外装、限界突破
ドロップ：黄金の種、黄金の盃
魔石：特大
＊＊＊＊

単純に聞いた限り、レベルは2倍で、全ステータスが1・5倍になっている。その上、『限界突破』という未知のスキルが追加されていた。あとは、またしても魔石がデカくなってるくらいか。

だが、奴も成長した一方、俺もかなり強くなっている。

アキからも心配の声は上がったが、問題ないと伝えておいた。

まあ、第一層で出て来てはいけないレベルの強さだしな。心配するのも当然か。それに、以前に俺のステータスを伝えたときは、スキルを合わせてもこんな化け物に勝てるほど強くは無かった。

それもあって心配してくれてるんだろう。

彼女達には、改めて今のステータスを教えてあげないとな。

またアキ曰く、今回の件だが、1日に5体ものレアモンスターが狩られた記録は、他のダンジョンでもあるらしい。しかし、『全ての出現地点で倒した』や『全て同一人物が行った』訳ではないそうだ。

そこに、今回の強化体出現のヒントがあると思った。

「待たせた！」

「ああ、アマチさん。お待ちしておりました～」

「……見た目は本当に同じなんだな」

その存在感は段違いだが……。

「そうなんです～。だから出現してすぐは『鑑定』しなかったんですよ～。ただ、皆集まってくるって聞いた時、とっても嫌な予感がしたので～」

「……なるほど。『運』が良かったですね」

「……？　そうかもしれませんね～？」

こっそりと、彼女に『鑑定』をして気付く。この人、レベルは低いが『運』が50もある。

きっと、受付嬢や調査員の仕事で、少しでもいい事があるように、願掛けのつもりで割り振ったのではないだろうか。今回の彼女の『直感』が、『運』があるからこそ起きたものかどうかは不明だけど、俺はそう信じたいと思った。

念のため、俺も使ってみた方がいい気がしたので、『鑑定』を使ってみる。

＊＊＊＊＊

名前：黄金蟲

レベル：３６

腕力：３７５

器用：３０
頑丈：３７５
俊敏：３０
魔力：６００
知力：７５
運：なし

装備：なし
スキル：金剛力、金剛壁、金剛外装、限界突破
ドロップ：黄金の種、黄金の盃、黄金蟲のトロフィー
魔石：特大
＊＊＊＊

……？

なんだ、これは。

「トロフィー？」

だけど、見えているのは俺だけのようだ。

俺に見えて、彼女に見えなかった理由は……？

『鑑定Lv5』か、それともまた『運』の有無か、それとも『湧かせた本人』かどうかか……？

ああ、まったく。まだこっちは第一層だっていうのに。ダンジョンには本当に、不思議や未知が沢山あるようだ。ワクワクさせてくれるじゃないか……！

＊＊＊＊
名前：天地　翔太
年齢：21
レベル：19
腕力：343（＋321）
器用：272（＋250）
頑丈：349（＋327）
俊敏：333（＋311）
魔力：284（＋264）
知力：249（＋229）
運：678
スキル：レベルガチャ、鑑定Lv5、鑑定妨害Lv5、自動マッピング（1／3）、鷹の目、金剛外装Ⅱ、身体超強化Lv1、怪力Ⅱ、金剛力Ⅱ、迅速Ⅱ、金剛壁Ⅱ、予知（1／3）、二刀流、

剣術Ｌｖ１、投擲Ｌｖ３、元素魔法Ｌｖ１、魔力回復Ｌｖ２、魔力譲渡、スキル圧縮

＊＊＊＊＊

そしてステータスだが、『腕力』と『頑丈』であれば俺も似たような数値になっている。他のステータスは圧勝しているし、スキルも上だし戦い方も１つじゃない。『限界突破』は未知であるが、油断しなければ負けはしない。

「準備は終わった。Ｃ班は退避するように」

「……いや、俺達は残る。強くなったこのレアモンスターの強さは、生で見ておきたい。それに、もしもの時は助けに入りたいからな」

「……好きにしてくれ。だけど、散弾攻撃が来るだろうから、盾だけは構えててくれよ」

「私は怖いので、離れて撮影してます～」

慌てて離れていく調査員とは反対に、俺は『黄金蟲』の前へと歩みを進めた。

睨みを利かせるが、やはり強化体となった今でも、こいつは非好戦的なんだろう。まるでこちらを見ようともしない。相変わらず『金剛外装』は使用しているみたいだけど。

負ける気はしない。……だけど、こいつから放たれる不吉なオーラは、スキルを使用した普通の『黄金蟲』に酷似していた。

恐らく、全体的にステータスとレベルが向上したことで、存在感が増したのだろう。ここからスキルが加わればどうなるやら。

「ふぅー……」

俺は今まで、強化スキルを未使用……もしくは効果の切れた『黄金蟲』相手でしか討伐はしてこなかった。アキには心配ないとは告げたが、こうやって対峙を続けていると、じわじわと不安な気持ちが押し寄せてくる。……なかなか骨が折れそうだが、気持ちから負けるわけにはいかないな。

トランシーバーを起動する。

「アキ」

『ん、なぁに？　今向かってるところなんだけど』

「応援して」

『え？　し、仕方ないわね～。……おほん。ショウタ君、頑張って！』

「……よし、やる気出た。はじめるぞ」

「ご武運を～」

2匹目以降と同様の戦法だが、まず真っ先に投石をして効果を剥がす。

『ガンッ！』

『シュル？　シュルル!!』

投石に続いて、俺も飛び込もうと前に出ようとしたその瞬間、奴から放たれる圧力が一気に強まった。

「うっ⁉」

肌がヒリつくこの感覚、もうスキルを使ったのか！

『シュルル‼』

一旦攻撃は取りやめ、警戒を続けることにした。この気配のふくらみ方、単純なステータス増強系だけじゃない。まさか、これが『限界突破』か？

奴と俺との距離は５ｍ。にもかかわらず、奴はその場で大きく頭を大きく振り上げた。

「何のつもりだ？」


『ドガガンッ！！！』


「……ッ‼」

ステータスを見た。スキルも見た。油断はしていなかった。だが、このような展開になることは、予想だにしていなかった。

まず、奴の攻撃は大地に激突。

地面が、爆発した。

それにより大小様々な岩石が周囲に吹き飛び、岩が横殴りの暴風雨のように視界を覆った。避ける隙間もない攻撃に対し、俺は剣に身を隠すよう半身になって『金剛外装Ⅱ』を起動。

このスキルは『Ⅱ』になったことで、効果が強化されていた。その内容は『初撃無効化』から、

『初撃から2秒間の間、常に無効化』に変化していた。

恐らく消費する魔力も跳ね上がっているだろうが、『直感』的にあと2回は使えるだろう。念のため、D班の4匹目の時に、お試ししておいてよかった。

幸い、岩石の弾幕は2秒も継続することはなく、すぐに視界は晴れた。

「まるで爆心地だな」

暴力に晒された広場は酷い有様だった。これが、高ステータスを持つレアモンスターの攻撃なのか……。深層に潜ってる冒険者にとってはありふれた光景なのかもしれない。だが、まだ『初心者ダンジョン』の第二層までしか進んでいない俺にとっては未知の体験だった。

初めての経験に、ワクワクが止まらない。

強敵ではあるが、『マーダーラビット』のような死の予感は無い。

この戦い、勝つ!!

「まずは同じ攻撃方法になるが……。ファイアーボール！」

様子見に1発、奴へとぶち込む。

すると、通常タイプより焦げ目は薄いが、しっかりと痕はついていた。

『シュル……』

「少し弱いが、効果はあるみたいだな。追加で10発だ！」

『ドゴゴンッ』

『シュルルッ……！』

「効果はある……。が、あまりやり過ぎると『金剛外装』の分まで魔力を使ってしまいそうだな」

嫌な感じは消えないが、やはり決め手に欠ける以上、近接で攻めてみるしかないか。あまり距離を置けば、また散弾が来るだろうし。

「『迅速Ⅱ』！　うおりゃ!!」


『ガン！』


『シュルル！』

「当たるかよ！」

通常攻撃も効果は薄く、斬撃というより打撃によってダメージが入っている感じがした。

こちらの武器と『腕力』よりも、相手の『頑丈』が上だとこうなるのか……。けど、相手の攻撃は避けられるし、大ぶりの爆発攻撃も奴の後ろに隠れてしまえば届くことはない。素早さで撹乱しつつ、スキルの効果が切れるまで殴り続けてやる！


『ガン、ギンッ！』

『シュルルルッ！』

「こっちだ間抜け！」

『シュルルッ⁉』

「おせえっての！」


『ギンッ、ザシュッ！』


「おっ？」

何度か攻撃しているうちに、こちらの攻撃が、たまたま上手く入ったのか、黄金の皮膚を裂くことに成功していた。

まだまだ『限界突破』も『金剛壁』も効果は続いているようだが、この傷を広げるように攻撃を続けてみる。

「おりゃおりゃおりゃおりゃ！」

『シュル、シュルル……！』

度重なる攻撃で傷はどんどん大きくなり、『御霊』が斬り込むには十分な大きさへと広がった。

「『怪力Ⅱ』『金剛力Ⅱ』使用。これでトドメだ‼」

『斬ッッ‼』

傷口に『御霊』が吸い込まれるように入って行き、『黄金蟲』の傷痕から大量の液体が噴出された。少しの間、『黄金蟲』はそのままのポーズで硬直していたが、音を立てて倒れ込む。

相手に『金剛壁』があっても、攻め方によっては勝てるようだな。

『黄金蟲』は煙へと変わり、煙は即座に霧散した。


【黄金蟲のトロフィーを獲得しました】


【レベルアップ】

【レベルが19から46に上昇しました】

＊＊＊＊＊
名前：天地　翔太
年齢：２１
レベル：４６
腕力：３７０（＋３２１）
器用：２９９（＋２５０）
頑丈：３７６（＋３２７）

俊敏：360（＋311）
魔力：311（＋264）
知力：276（＋229）
運：732

スキル：レベルガチャ、鑑定Lv5、鑑定妨害Lv5、自動マッピング（1／3）、鷹の目、金剛外装Ⅱ、身体超強化Lv1、怪力Ⅱ、金剛力Ⅱ、迅速Ⅱ、金剛壁Ⅱ、予知（1／3）、二刀流、剣術Lv1、投擲Lv3、元素魔法Lv1、魔力回復Lv2、魔力譲渡、スキル圧縮

トロフィー：黄金蟲

＊＊＊＊＊

メッセージが流れたにもかかわらず、足元のどこにもトロフィーが無かったから混乱したが、まさかこんなところにあるとは。となると、実体は持たないものなのか……？　何の意味があるんだろうか。

そしてドロップ品だが……残念ながら『限界突破』は無かった。

まあ、これは良しとしよう。『直感』だが、危険な香りがするしな。

それ以外はしっかりとドロップしていたので、スキルもまとめてリュックに詰め込み、振り返る。

すると、C班だけでなく他の班も合流していた。唯一A班だけは対角線上の為まだ到着していないが、総勢16名の職員たちが俺の戦いを見守っていたようだった。

「あー……お疲れ様です」

『お疲れ様です！』

なんだか、視線に熱量を感じる。なんだろう……。

とりあえず、明日に回すのもなんだし、もう1つの仕事をこなしておくかな。

「えーっと……A班、あと何分かかるかな」

『あと5分です！』

「了解。あー……じゃあ、レアモンスター湧かせに行ってくるから、ちょっと待っててくれる？」

『はい!!』

なんだろう、この……。悪くはないんだけど、慣れない感覚にムズムズする。

とりあえず、最後の一仕事として、数百ほど狩ってくるかな。

◇

その後、ちょっと引きが悪く、湧かせるのに300匹も倒す必要が出てきたが、彼らは皆大人しく待っていてくれた。そして出てきたのは、通常の『黄金蟲』。

5人の調査員と、そして遅れてやって来たヨウコさんと、アキも合流し、俺達に見守られながら20人の冒険者が戦った。

俺の戦いや動画を見ていた影響か、しっかり『黄金蟲』の近接攻撃には最大限の注意をし、有利に戦闘を行っていた。まあ、強化体との戦いで地面がガタガタになっていたせいで、冒険者側は立ち回りに苦労していたが。

ちなみに『黄金蟲』は基本的にその場から動かないので、あまり関係なさそうだった。

そして戦う事10分。

集団戦は初めて見るなぁと、そんな感想を抱きながら見ていれば、戦いは危なげなく無事に終了。

ドロップは残念ながらスキルオーブは出ず、『黄金の種』が1個と『大魔石』の2つだけだった。

正直、討伐権をあげた時点でドロップに期待はしていなかったため、それらの受け取りは最初から拒否している。今回の記念に取っておくようにと伝えていた。

なんか感謝されたけど、何故かはよくわからない。

とりあえず、今日の突発的な作戦はこれにて終了。

強化体の出現方法は確定していないが、これは後日に改めて検証し、報告するという形で了承を貰う。結局、強化体の方も近付かなければ動かない事が証明されたわけだしな。

そうして、後始末をする彼らに先んじて、俺とアキは帰らせてもらったのだが……。

「おかえりなさい、ショウタさん、姉さん」

マキがお冠《かんむり》で、ダンジョンの入り口で待ち構えていた。

「た、ただいまマキ」

「あちゃ～……」

「姉さん、ズルいです。私も、ショウタさんの活躍が見たかったのに……」

え？　そこ？

「私も直接は見てないのよ？　ほとんど入り口で予備の人員として待機して、ショウタ君の戦闘報告を聞いていただけだし……」

「それでも、ズルいです！」

「あはは……。まあ、置いて行かれたと思ったら、そうなるよね……。よし、ショウタ君、任せた！」

「えっ⁉」

アキはそう言ってダッシュで逃げ出して行った。

「あー……」

「……」

「心配、かけちゃった？」

「はい、とっても」

潤んだ目でマキが見てきた。

これは、アキの言葉を借りる訳じゃないけど、置いて行かれたと思っちゃったのかな。そんなことするわけないのに。

「マキはぐっすり眠っていたし、寝てる間に終わらせちゃおうかと思ったんだけど……ごめんね。想定外な事があって長引いちゃった」

そこまで言って、不安そうにしているマキの頭に手を乗せた。

「あっ……」

「ただいま、マキ」

「はい、おかえりなさい……」

そのまま頭を撫で、涙を拭ってあげると、嬉しそうに甘えてきたのが、また可愛らしかった。あまりマキを、こんなふうに泣かせたくないな。心配させない為にも俺の強さの秘密を、2人に教える必要があるよな。

◇

翌日。

協会附属の客室を借りて、お昼までゆっくりしていた俺達は、今後の『ハートダンジョン』の運営方針を聞いていた。

「アマチさん。昨晩はご協力、ありがとうございました」

「そちらもお疲れさまでした」

ヨウコさんの顔には疲れが見えていた。休んでほしいけど、しばらくは無理そうかな。

「まず例の4つの出現地点ですが、ひとまず何もしない事にしました。見張りを立てる事を検討はしたのですが、コストが高い事、それから、そもそもデートコースから外れた場所であること。この2点により、放置することにしました。まず、一般の人は近付く事はありえません。護衛の者達

が止めるからです。そしてレアモンスターの情報ですが、これは一部の高位ランク冒険者にしか閲覧できない形にしました。全ての冒険者が知れるものとなった場合、必ず一般のお客様といざこざを起こすでしょうから」

なるほど。

「そして最後に、アマチさんに関してです。ご協力と、ご迷惑をおかけしたお詫びの内容が定まりました。今後は特例として、当ダンジョンで得られたアイテムは、当協会を通さずに持ち帰っていただいて構わないものとします。また、デートコースの外であれば、好きに戦っていただいて構いません」

「良いんですか？　だいぶそちらが損をしているようなんですけど」

これは思ってもみない報酬だった。

それは、俺がダンジョンでドロップしたアイテム、魔石、そしてスキルオーブ。これらをオークションなどに卸す際の取り分や評価を、この支部は手放すという事を意味していた。今後はここで得たアイテムは全て、『初心者ダンジョン』に持ち帰り、向こうで査定してしまって構わないというのだ。

「元々、ここの協会は討伐から得た報奨は当てにしていませんでしたから。たまに彼らが拾ってくるものだけで十分なのです。当協会の目的はダンジョンから資源を得る事ではありません。一般の人達のダンジョンに対する意識を改めさせ、脅威であるとともに価値がある場所である事。そして、冒険者の全てが野蛮で危険な人種ではないと理解してもらう為なのですから」

「……大変だとは思いますけど、頑張ってください。また、レアモンスター関連のトラブルがありましたら協力しますよ」

「その言葉はとてもありがたいです。これからも当『ハートダンジョン』をよろしくお願いします」

俺はヨウコさんと握手をし、部屋を後にした。

認めてもらわなければ

話し合いの後、荷物がいっぱいのまま電車に乗る訳にもいかず、見かねたヨウコさんが車を出してくれた。

協会専用の移動用のバスだ。

俺達は後部座席に乗り、昨日の出来事だったり、ダンジョンの花畑などの思い出話を語り合う。

「うーん。花畑は確かに綺麗だったけど、森の中を歩いていた記憶しかないわー」

「うっ！」

「もう、姉さんったら。でも私は楽しかったですよ。ショウタさんが普段どんなふうにしているのか知れましたから」

「そうだねー。それに、新種と戦うショウタ君を見て思ったわ。君は、今後もきっと色んな秘密を暴いていくんだろうなって」

「まあ、俺はそれが夢みたいなところあるけど」

「そうなんですか？　では、微力ながらお力になれるよう頑張りますね！」

「ああ、ありがとうマキ」

「あたしはー？」

「アキも、これからもよろしく」

「ふふーん」

バスの運転手に生暖かい目で見られながら、俺達はマイペースなひと時を過ごした。

◇

ダンジョン協会第525支部へと到着した俺達は、正面で別れる。彼女達は私服であった為、職員用の裏口から中へと入っていった。彼女達を見送り、俺も正面から入る。

今の時刻は夕方直前といったところか。稼ぎを終えた様子の冒険者達がそこかしこにいた。

1日ぶりの525支部だけど、やっぱりこっちの雰囲気の方が好きだな。810支部の方は、カップルがそこら中にいて、正直胸焼けするんだよな。アキとマキが、その光景に負けじと引っ付いてきてくれるのはまあ、嬉しかったし楽しかったけど……。

そんなふうに感慨に耽っていると、不意に声を掛けられた。

「おっ、ショウタ君じゃないか！」

「あ、シュウさん。こんにちは」

誰かと思えば『一等星』のメンバー達だった。彼らも皆、今帰ってきたところなのだろうか。

「数日ぶりね。装備が一新されていたから、見違えたわ」

「うむ。しかしそれだけではないな。激戦を制してきたかのような風格すら感じられる……。一体君はどこで修業してきたんだね。ハッハッハ！」

「あ〜。まあ色々ありまして」

この人達になら言っても良いんだけど……。『ハートダンジョン』に行っていたとこの場で言うものなら、周囲から一体どんなやっかみを受けるやら。

「ほお……。本当に何か経験してきたようだね。これは俺達もうかうかしていられないな。また会おうショウタ君、今度また会ったら、面白い話を聞かせてくれよ！」

そう言って爽やかな笑顔で去って行った。本当に気持ちの良い人達だ。

さて、そろそろ良いかな。受付から少し離れたところにいるハナさんに向かって歩いて行く。すると、彼女は笑顔で迎えてくれた。

「おかえりなさい、ショウタさん。大変だったとは伺っていますが、大きな怪我もなくなによりです」

「ただいまハナさん」

この前、支部長室に案内してくれた、本物の、お姉さん風受付嬢のハナさん。

彼女はマキと同じように、名札には★が３つ入っている、ランク３の上級受付嬢だ。なんでも支部長の右腕らしい。副官的なものなのだろう。

「アキとマキの準備は出来てます？　中々来ないですけど」

「それなんですけど、ごめんなさいショウタさん。２人は来られないわ」

「え、なんで……あ」

察した。

「はい。支部長に呼び出しを受けてます」

「……俺も行きます」

「ふふ。では一緒に行きましょうか」

「はい、お願いします」

まあ、そりゃそうだよな。

有休的な何かを使って休んだと思ったら、隣のダンジョンで支部長クラスを慌てさせる大騒動だもんな。……うん、全部俺のせいじゃん。怒られているなら、早く代わってあげないと。

「支部長、入りますね～」

「ハナ、ご苦労様。……いらっしゃいアマチさん」

今まで以上の圧を発する支部長がそこにいた。すんごい怒っていらっしゃる……。心なしかアキがいじけてるし、逆にマキは俺の登場に慌てている。

一体何を言われたんだ？

「アキ、マキ。２人は呼び出しがあるまで部屋の外で待機していなさい。私は彼と……みっちり、お話をするから」

「「……はい」」

2人にしては珍しく、反論することなくトボトボと退出して行った。

部屋には、俺と支部長の2人っきりになる。……あれ？

ハナさんは、いつの間にいなくなったんだ？

「さて、アマチさん。経緯は、娘達から聞いたわ。その件で、あなたに言わなくちゃいけない事があるのよ」

「えっと……2人を連れまわしたことですよね」

「違うわ」

「あれ？　じゃあ、レアモンスターとの戦いを間近で見せた事？」

「それも違う」

「で、では、帰るのが1日遅れた事……？」

「惜しいけど、違うわ」

「……ん？」

じゃあ、なんで怒ってるんだ？

ダンジョンで事件を起こしたことでは、ない？

なら、ダンジョンではないところでの件、か……？

一昨日帰ってから今日に至るまでに、ダンジョン以外で起きた事と言えば。

「……」

あ。

「その顔、心当たりがあるようね？」

「……はい」

「あの日確かに伝えたはずよ。娘2人との関係は認めていないと。そう言った矢先に、娘たちの家に泊まり込み。フフ……良い度胸してるわね⁉」

支部長からの圧が、この世のものとは思えないほどに膨れ上がる。

『黄金蟲』の強化体以上の恐怖に、身が竦む思いだ。

「私はね、娘2人には幸せになってもらいたいのよ。確かにアマチさんといる時の2人は、私が知る中で、一番活力と笑顔に溢れているわ。悔しいけれど、そこは認めましょう。だけど、先日のように、第二層程度のレアモンスターに後れを取るようでは、預けるのに相応しくないわ」

これは、あれだよな。2人に手を出すのはやめろとは言われてない。関係はまだ認められないってだけで。実力が伴っていないという話だろう。

マキを、そしてアキも。2人を悲しませるような事にならないよう、もっと強くなれって。……そう発破を掛けてくれてる。

そう思って良いんだよな？

「支部長」

「何かしら」

「支部長には……いえ、彼女達にもまだ直接的な事は伝えられていませんが、支部長にはまず話を通しておきたいので、伝えます」

俺が今後とも安心安全に冒険をする上で、彼女達のサポートは絶対必要になる。その為に彼女達と関係を深める事が必須だというのなら、まずはその地盤を固めるところから始める必要がある。その最初の壁は、2人の母親であり上司である、ミキ支部長の説得だ。

「2人を俺に下さい。専属とかではなく、本当の意味で」

「……私に対して、そんな言葉を口に出来るなんてね。その度胸は褒めてあげるわ。だけど、意味が伝わっていないようだから、ハッキリと言うわ。実力が伴っていないようでは——」

「支部長。改めて俺を『鑑定』してください。ここまで見せる事が、俺の誠意と覚悟です」

『鑑定妨害』のスキルを使用し『レベル』『レベルガチャ』『スキル圧縮』。その3つ以外の全てを開示した。

「……良いわ。あなたが託すに値するか、視させてもらおうじゃない」

支部長の目が怪しく光る。……ん？　この感覚、身に覚えがあるな。他人が『鑑定』をするところなふうに感じるのなら、俺って結構、支部長から視られてる気がする。

「……え？　な、なによこれ。短期間で、こんな……」

支部長は、俺のステータスを見て固まってしまった。

現在のステータスはこれだ。

腕力：370（＋321）
器用：299（＋250）

頑丈：376（＋327）
俊敏：360（＋311）
魔力：311（＋264）
知力：276（＋229）
運：732

『運』は『SP』の増加値が、最高値の冒険者でも、レベル約90相当分注ぎ込んでいる事を意味する数値だ。更にステータスは、成長値が最高値ならレベル約70相当。しかも、普通の冒険者はレベルアップ時のステータスの増加は結構偏りが激しいらしい。その為『腕力』の成長値が4や5であったとしても、『魔力』は1や2だったりする冒険者は多いとか。

まあ俺の場合常に1だけど。

そして、数日前に支部長が視ることの出来た、弱かった俺のステータスは、これだ。

腕力：50（＋40）
器用：35（＋25）
頑丈：40（＋30）
俊敏：54（＋44）
魔力：34（＋26）

知力：30（+22）
運：112

『運』に関しては褒められていたが、その他のステータスは貧弱も良いところだった。恐らくよくてレベル15。悪くて1桁レベルの冒険者と同等の数値だっただろう。それが、たった数日でとんでもなく強くなったのだ。フリーズするのも無理はない。

「一体、何をどうやってここまで……」

「それは、彼女達にも伝えられていない事ですし、伝えるか迷っている事でもあります。なので、その問いにはお答えできません」

「……そうね。その考えは理解出来るわ。あの子達を危険な目に遭わせたくないのね」

「はい」

「……このステータスに、貴重なスキルのオンパレード。妙な数字も見えるし……。なるほど。ある程度は守れそうね」

「はい、この力で必ず2人を」

「違うわ」

「え？」

不味い、何か間違ったか!?

「その力で守らなくちゃならないのは、あなた自身よ。何を犠牲にしても、自分の身を第一に守りなさい。そうすることで、あの子達の心が守られるのですから」

「俺の身を、最優先に……」

「そうよ。ではもし仮に、未知のレアモンスターと遭遇したとしましょうか。『鑑定』があるのなら、相手の力量はハッキリわかるわね？　それで相手を見て、勝てる強さがあればいいけれど、もし相手の力量があなたを上回っていた場合、どうするの？」

「それは、勿論逃げます」

「そうね。真っ先にそれが言えるなら大丈夫だと思うけど、一応言っておくわ。あなたがたとえレアモンスターを狙って出せるとしても、対面するまでは相手の力量は不透明。時には、勝てない相手と出くわすこともあるでしょう。その時は、なんとしても、その場から逃げ帰れる強さが必要になってくるわ」

支部長が言っている事には、心当たりがある。『マーダーラビット』との戦いの時だ。『ホブゴブリン』の時は、勝てる相手だと判断できたから、周りの事を気にする余裕もあった。けど、『マーダーラビット』は別だ。『鑑定』で詳細は見れなくても、初撃で勝てない事を悟るほど、俺よりも格上の存在だった。

あの時はたまたま勝つことが出来たけど、何度思い返しても、アレを相手に正攻法で勝つ手段は浮かばなかった。初撃を受け止めた際、すぐに逃げる事を選択したのは、取れる中では最良だったと思う。

けど、俺の予想を上回り、奴は広場から抜け出せる手段を持ち合わせていた。仮に奴の攻撃をやり過ごせたとしても、結局俺は、奴の機動力を上回る逃走能力を、持ち合わせていなかった。だから仕方なく迎え撃つことを選択したんだ。

今のように『金剛外装』のスキルがあれば、また少し展開は変えられただろうけど……。

うん。やっぱり、今後の事を考えて、色んなスキルが欲しいところだな。

「何度も言うけれど、単身で戦場に挑む以上、一番に考えるべきは自分の身の安全よ。命の危険を前に、実力も無いのに周囲の人間に気を配るのは、愚者のする事よ。逆に、余裕があるときは、その辺りしっかり出来ていると報告もあるし、私もハナもその点は心配していないわね」

「……わかりました。誓います、この力で、俺自身を守って、2人の心も守ると」

「よろしい、合格とします。ハナ」

「はい、ミキさん」

「えっ⁉」

どこからともなくハナさんが現れた。一体いつからそこに⁉

「ふふ、ショウタさん。油断大敵ですよ？」

「いいからハナ、2人を呼んで来てくれる？」

「わかりました」

「……アマチさん、わかりますね？」

「はい」

そうして、ハナさんに連れられて恐る恐るといった様子で2人が入ってきた。

それに対し、支部長もハナさんも何も言わないので、さらに気が気じゃない様子だった。

そんな2人の前に立ち、目を合わせる。

「アキ、マキ。2人に大事な話があるんだ」

「は、はいっ」

「う、うん……」

手を伸ばし、問いかける。

「俺は……2人の事を大切に思っている。かけがえのない存在だと。冒険者と受付嬢。専属という関係ではなく、1人の女性として意識している。どっちか1人だなんて言わない。俺は2人とも幸せにしたいし、2人と家族になりたい。だから、これからもずっと一緒にいてほしい。もう知ってるだろうけど、こんなダンジョンバカの俺で構わないなら、この手を取ってほしい」

不器用で言葉足らずな俺の、必死のプロポーズ。

そこに、両目に涙を浮かべたマキが、真っ先に手を乗せてくれた。

「私も、ショウタさんと一緒にいたいです。いさせてください」

「マキ、大好きだ。これから先も、君の心は俺が守るよ」

「はい……！」

続けてアキは、まだ戸惑いが勝つようだ。まるで自分に声がかかるとは、思ってもみなかったかのような。先ほどから、手を伸ばしては引っ込めてを繰り返している。

「アキ」

「っ！」

「俺はアキが好きだ。アキはどうだ？」

「あ……」

「姉さん、ほら」

そういってマキがアキの手を取り引っ張った。

彼女の手も重ねられ、そんな2人の手を包み込む。

「マキ」

「姉さん」

「う……。あ、あたしも、好きぃ……」

ボロボロと涙を流すアキに、マキが耐え切れず涙を流した。

そんな2人が愛しくて、俺は2人を抱きしめた。

「若いって良いわね」

「ふふ、完全に3人の世界ですね～」

「散々泣いたと思ったら、今度は私達を無視してイチャイチャイチャイチャ……。ここ、支部長室なんだけどね？」

「そんな事言って～。ミキさんさっきから口角上がりっぱなしですよ～？」

「っ……。そ、そんなことはないわ。そういう貴女はどうなのよ」

「私も眼福ですよ～。この3人なら、毎年行われてる、冒険者と専属のベストカップルでも優勝し

ちゃうんじゃないですか～?」

「それは当然よ。なんたってうちの娘達なんですもの」

「ふふ、親バカここにありですね～。でも、そろそろ戻ってきてもらわなくては」


『パンッ』


「「「!?」」」

ハナは、3人の前で手を叩く。

猫騙しのような行為だったが、不思議と3人は、熱も想いもそのままに、冷静さを取り戻した。

「仲が良い事は喜ばしいですが、場所を弁えましょうね～」

「「「はい……」」」

「ではショウタさん、お2人に伝えたい事があったでしょう～?」

「えっと?」

一世一代の告白の後という事もあり、ショウタの記憶からは先ほどまでの対話情報は残っていなかった。

「さっき支部長に見せたアレですよ、アレ～」

「あ、ああ!」

すっかり忘れていたショウタは、改めて2人の手を握った。

「マキ。『鑑定』のスキルはいくつあるんだ？」

「えっと、実は3あります」

「そうなんだ」

「はい」

そんな短いやり取りでも惚気《のろけ》る2人に、ハナの笑顔も深まる。

そして、『鑑定Lv3』を持ち合わせておきながら、今まで一度も自分にスキルを使う素振りを見せなかった点に、ショウタは好感を覚えていた。逆にマキも、今まで自身のスキル構成を、一度も覗き見してこなかったショウタに、愛情を深める。アキも、そんな2人の様子を見て、愛おしく思っていた。

「じゃあ2人とも、俺の今のステータス、そしてスキル。『鑑定』で見てくれ」

総決算のお時間です

俺のステータスとスキルを見た2人は、最初こそ驚いたが、すぐに受け入れて再び腕に抱き着いてきた。

「これで、安心してくれた？」

「はい。今のショウタさんなら、『初心者ダンジョン』の中層でも、問題なく戦っていけますよ！」

「どうしてこんな急成長を遂げたのかは気になるけど、それよりもあんな化け物を倒せた事に、今ようやく納得出来たわ」

俺がどれだけ強くなったかわかってくれたようだ。これなら、多少の事では心配させないで済むかな。

「アマチ君」

「あ、はい支部長」

ん？　支部長、なんだか柔らかくなった？

「まだヨウコちゃんから、事の顛末を聞いていないんだけど、『ハートダンジョン』で何が起きたのか教えてくれるかしら」

「わかりました」

やっぱり、さっきの反応からして、支部長の中で俺の強さはあの時のまま止まっていたみたいだな。俺が昨日、正確にいえば今日か。激闘の末に倒した『黄金蟲（強化体）』のステータスを知っていれば、あそこまで固まる事は無かったはずだ。

支部長とハナさんに、昨日の事を教える。

「強くなったレアモンスターですって？　それは確かに、報告書にまとめるにも時間がかかるわね。昨日は会議が中途半端に終わってしまったから、今日改めて会議が行われる予定だったのよ。恐らくその時に共有があるんでしょうね」

なるほど。

「そして、あの子のレアモンスターの扱いは流石ね。あえて触れずに、近寄らないのは正解だわ。綿毛虫のドロップは高額であることは有名だけど、それと同時にドロップが渋い事も有名だもの。それでも訪れる冒険者はいるだろうけど、そういった対処には彼女達も慣れてるだろうし……。経営に問題は無さそうね」

「それで、報酬の件なんですけど」

「免除の話ね。わかったわ、好きにオークションに出しなさい。ただし、あの子の方にもどういったアイテムを売りに出すかは伝えておきたいから、今後『ハートダンジョン』産のものを出す際は私にも連絡をしなさい」

「了解です。では早速なんですけど」

そう言って、俺は昨日集めたアイテムをテーブルに並べた。

『極小魔石』370個。
『大魔石』5個。
『特大魔石』1個。
『綿毛虫の玉糸』330個。
『黄金の種』21個。
『黄金の盃』6個。
スキルオーブ『金剛力』2個。

スキルオーブ『金剛壁』２個。

スキルオーブ『金剛外装』２個。


「……本当に、頭のおかしくなる量ね」

「すごいわショウタさん」


支部長は頭を抱え、ハナさんは小さく拍手してくれた。

これでも、１０００個近い数の魔石と玉糸を捨ててしまったんだけどね。

「マキ、査定を頼めるかな」

「はい。まずは魔石の査定からしますね。『極小魔石』単価２００円で、７万４０００円。『大魔石』単価５万円で25万円。『特大魔石』単価30万円になりますので、合わせて62万４０００円です」

「魔石だけでこんなに稼げるのはショウタ君くらいね」

『ホブゴブリン』や『マーダーラビット』から落ちる『中魔石』は単価1万だったけど、その上となるとやっぱり相応の値段がするんだな。

「ふふ、そうですね。続けて『綿毛虫の玉糸』ですが、ショウタさんと相談した結果、10個単位を３つ、１００個単位を３つで、それぞれ競売に出します。単品でも中々出回らないので、まとまった方が高く売れるかもしれません。とりあえず、それぞれ10倍と１００倍で出してみて、様子見しましょう」

単価が3万の計算だから、30万が3つと、300万が3つか。

うん、中々だな。

「それと『黄金の種』ですが、なにか発芽するかもしれませんし、ショウタさんの家で育ててみるそうです。なので、こちらの出品は保留になりました」

「改めて聞くけど、大丈夫なの？」

「まあ、悪いようになる気はしないから、様子見かな」

「私はショウタさんの判断に従います」

「大きくなったら見せてねー」

「もちろん」

お世話の仕方はよくわからないけど、とりあえず3個ほど植木鉢に植えてみて、1日1回水をあげてみるかな。

「次に『黄金の盃』ですが……」

「飾る趣味はないので、まずは1個だけ出品して、様子見で」

「はい。では1個50万で、様子見で出しておきましょう」

これが単一品なら価値はあるんだろうけど、倒せば倒すだけドロップするものだしな……。

「ちょっと待って。出品する前に、変な効果が付随していないか確認しておく必要があるわ。アマチ君、この盃を1つ、アイテム研究所に買い取らせても良いかしら」

「研究所ですか。俺も興味あるんで、お願いします。マキ、とりあえず出品は、研究室からの報告待ちで」

「承知しました」

アイテムの仕分けはこんなものか。

そして次に、大トリのスキルオーブだ。

「まずは『金剛力』からですね。ショウタさんが使用して自ら検証したところ、効果としては以下のものでした」

効果時間：30分00秒
再使用：60分
効果：腕力約2・5倍
備考：効果終了後、5分間『腕力』のみ80％にまでパワーダウン。

「継続して戦う上ではこの反動が大きいですが、長期戦をする冒険者は少ない事と、休みを入れれば長い時間強化出来ることは強みです。『怪力』以上の効果が長時間続く以上、価格は8000万から出してみようと思います」

「あらマキ、随分弱気な設定ね」

「今回は2つも同時に出品ですから。それに、最初の2つに比べれば最後のスキルは破格ですし、言わば前座ですね」

この2つの性能は高いが、それでも『金剛外装』の万能さには劣るだろう。

なぜなら、2つのスキルは前衛向けだが、『金剛外装』は万人向けの無敵スキルだ。用途は計り知れない。

「続いて『金剛壁』です。こちらのスキルの効果は、『金剛力』の『腕力』が『頑丈』に置き換わったようなものらしいです。『頑丈』系スキルの派生スキルですが、総じて安価であることに鑑みて、1000万からにしておきましょう」

マキが言うには、『頑丈』系の一次スキルは200万、二次スキルは500万らしい。『怪力』とはえらい違いだ。

「最後に、データベースにない完全新規のスキル『金剛外装』ですね。こちらは破格の性能をしていまして、ショウタさんが実験したところ、『消費魔力50。次の攻撃を1度だけ無効にする』というとんでもないものだと判明しました」

「無効化スキルですって!?」

「ひとまず、1つ3億で出品しましょう。こちらも、2つ同時に出品してしまって問題ないかと」

「了解したわ。次のオークションは明日に控えているし、丁度良いわね。また人が集まるわよ」

支部長に聞いたところ、オークションは4日置きに開催されているらしい。しかも、俺達が参加しているのは全国規模のものではなく、日本の中で4つに区分された、地域ごとに開催されているうちの1つなのだそうだ。

そしてオークションは、4つの地域が順番に開催されているらしく、猛者ともなれば複数のオークションに毎日顔を出しているのだとか。

想像以上に大規模かつ、結構な頻度で開催されているんだな。

「それで、この無効化スキルだけど、どの程度まで無効に出来るのかしら」

「アキの回し蹴り、俺の投石、俺の攻撃。とりあえずこの3つは完全に防ぎましたね」

「回し蹴り……？」

支部長の冷めた視線がアキに注がれたが、本人は知らんぷりだ。

「そう……。アマチ君の攻撃を弾くなら、相応の効果があるわね。完全無効化かどうかは不明でも、注釈として『腕力』300程度の冒険者の攻撃に対して、無効化を確認済み、としておくわ。これで下手なケチはつかないでしょう」

そのようにして、支部長は率先して、オークションの出品物に対して細かなアドバイスをしてくれた。味方だと思うと、急に頼もしくなるなぁ。ハナさんやヨウコさんが尊敬しているのもわかる気がした。

前回の『迅速』の出品も合わせて、オークションの話を詰めていったところで一息入れる。ハナさんが淹れてくれた甘めのお茶を堪能したところで、1つ思い出したことがあった。

「ああそうだ。2人にいくつかお願いがあるんだけど……」

「何でも言ってください！」

「何でも言ってね！」

「ハハ……」

ちらりと支部長を見るが、２人の反応は予想していたらしい。特に大きな反応は無かった。

「スキルを見て気付いたと思うけど『二刀流』のスキルを取ったんだ。ただ、俺ってこの『御霊』以外剣を持ってないんだよ。だから、今日の魔石の売上分だけで良いから、簡易的に何か1本見繕ってくれる？」

「わかりました。明日には用意しておきますね！」

「ついでに、オークションでスキルが売れたときの為に、次のものも選定しておくわ！」

「はは、お手柔らかに頼むよ。……あ、オークションの売り上げだけど、２人への借金分は使わずに、最優先で確保しておいてね？」

「ふふ、わかりました」

「しょうがないわね～」

２人は嬉しそうに笑う。

「ああ、それから支部長」

「あら、何かしら」

自分に話が振られるとは思わなかったのか、少しびっくりした様子だった。

「昨日アキから聞いたんですけど、会議でスキルの重ね掛けの件を報告してくださっていたとか」

「ええ。でも、途中でヨウコちゃんが会議を抜けちゃったから、改めて今夜に持ち越しになったわ」

まあ、ヨウコさんは俺達が会いに来たことで会議を途中で抜ける事になって、緊急事態という事もあって『黄金蟲』の件を伝えたら、また会議を抜けて忙しくしてたから、延期は仕方ないよな。

「その件で追加の報告があるんです。さっき支部長、俺のステータスを見て、変な数字があるって言ってましたよね。もしかしてなんですけど、『鑑定Lｖ5』以上を持ってます？」

「ええ」

うん、やっぱり柔らかくなった。

今までなら、スキルのレベルなんて情報、警戒して濁していただろうに、すんなりと答えてくれる。

「報告はそこにありまして。俺もLｖ5を得てから発見したんですけど、ステータスで重ね掛けをしていた場合に限り、現在の重ね掛けの進捗状況が視られるんですよ」

「……ああ、なるほど。この『1／3』ってそういう事だったのね。分かったわ、私の『鑑定Lｖ』は他の支部長達も知っているから、そこで発見したという形で、報告しておくわね。『鑑定Lｖ5』は今まで誰も明確な効果が分からずに、4で止めるのが正解とされてきたのよ。でもこの情報があれば、また『鑑定』の価値が上がるわ。それに重ね掛けの証明にも繋がる。……でも良いの？　こんなにホイホイと情報を出してしまって。あれもこれも、全部あなたが独力で見つけた情報でしょう？　本来なら、対価に金銭やランクポイントを得てもおかしくないのよ？」

ああ、ランクか……。

そう言えばそんなのがあったな。けど、この『初心者ダンジョン』に籠もっている間は、そもそも必要になるとは思えないんだよな。他所《よそ》に行くとしても、今のところは同じ最低レベルダンジョンの『アンラッキーホール』か『ハートダンジョン』くらいだし。

「んー……。俺は、ダンジョンの謎を解き明かすのが好きなんですよ。だから、秘密になっているものを発見する事が出来れば、あとはどうでもいいというか……。まあ、重要なものに関しては、多少の独占欲はありますけどね。それ以外の事はどんな情報であれ、別に手放していいと思ってるんですよ。むしろ、その情報をしっかりと活かせる人の手に渡って、誰かの役に立てるのなら、それが一番いいと思いますし。あとは……支部長からは、大事な2人を貰ってますから。これ以上はいただけません」

娘2人という意味でもそうだし、優秀な★3と★4の上級受付嬢と支部長クラスの役員を、俺の専属としてもらい受けている。これ以上は欲張りというものだ。だから、その返礼に俺が集めた情報で喜んでもらえるのなら、惜しみなく提供したい。

ただ、ガチャやレアモンスターを呼び出す条件、『運』に関してはまだまだ伝える気はないけれど。

「確かに2人を与えた以上成果は欲しいところだけど、それでも成果に応じて報酬は受け取ってほしいわね」

「それなら、2人と相談してください。俺はそういうの、任せっきりにしたいので」

2人を見ると頷いてくれた。

彼女達なら、対価があった場合は必要なものだけ貰ってくれるだろうし、俺の冒険に役立つものへと還元してくれるだろう。

何の心配も要らないな。

「……アマチ君。格好良く言ったつもりかは知らないけど、ランクは必須よ？」

「そうなんですか？　よく知らないですけど、『初心者ダンジョン』を使う分には必要ないんじゃ……」

「それは確かにそうだけど、大事な事を忘れていない？　2人を娶《めと》るには、ある程度のランクが必要なのよ？」

「……え？」

そうなの⁉

そういえばテレビで、どこぞの誰々が、何人目の妻を娶ったなんてニュースがたまに流れるけど、思えば全員高ランク冒険者だったな。高ランクはお金があるからだとばかり思っていたけど、違ったのか。

アキを見ると、苦笑いをしている。

「あちゃー、やっぱり知らなかったか」

「ほら、姉さんが以前、恥ずかしがって説明を省いたから」

「うっ。だって、書いてることが生々しいんだもん。それに、普通はランクが高くなったら何が出来るかとか、自分で調べるでしょ。普通は」

「姉さん、ショウタさんに普通を当てはめてはいけません」

「さいでした」

とてつもなく失礼なことを言われている気がするけど、確かに一般常識に当たるのかもしれない。でも、今までは上を目指す必要もなく、ただひたすらにスライムを狩ってれば、それでよかったから……。

はい、俺が悪いです。

「ふぅ、世話が焼ける子ね。アマチ君、今のランクはいくつ？」

「Fです……」

「し、下から2番目……。よく聞きなさい。まず一夫多妻制度が出来た理由だけど、ダンジョンが出現した最初の数年間、人類はダンジョンに対して慎重になり過ぎて、モンスターが溢れるダンジョンブレイクを頻発させてしまったわ。そこまでは知ってるわね？」

「はい。あの時の事件は、俺もハッキリ覚えてます」

「それにより人類は疲弊し、数を減らしてしまった。その打開策として、冒険者であれば複数の女性と関係を持てるよう法改正が行われたの。でもそれは、誰でも出来る訳じゃない。同時に2人なら……最低でもCは欲しいわね」

3つ上か……。

「アキ、マキ。Cって普通、どれくらいかかるんだ？」

「普通でしたら2、3年といったところでしょうけど……」

「ショウタ君は普通じゃないからねー。この前の『怪力』による協会への功績で、ランクアップするポイント、実はもうだいぶ溜まってるんだ。でもどうせなら、一気に上げた方が楽だと思って、まだ更新の申請を出してないのよ」

「そ、そうなの？」

「はい。ですが安心してください。明日のオークションの結果次第ですが、『金剛外装』が1つでも落札されれば、その売上金の一部が協会に入ります。それだけで、Cランクに必要なポイント程度は確保完了なんです」

「……あれ、じゃあ」

何もしなくても良いってこと？

「アマチ君。優秀な専属2人に感謝しなさい」

「アキ、マキ……不甲斐ない俺だけどよろしく」

「はい、任されました」

「もっと頼って良いのよ！」

「じゃあ、落札金の管理もお願いします」

どう使えばいいかわかんないし。

「お金の管理まで手放すの？　……本当に無欲なのね。普通、大金を得たらそれを使ってみたいと思うのが人の性《さが》でしょうに。アマチ君は、そういうのが全くないのね」

支部長が呆れるようにため息を吐いた。

うーん。『予知』の値段が数億って情報を見た時は、目玉が飛び出るかと思ったけど、『金剛外装』が売れたら、それと同じ金額が手に入りそうなんだよな。でも、実感がわかないんだよなぁ……。

「俺の望みは毎日ダンジョンに入れて、健康に寝起きできれば困らないし……。食事は甘いものが定期的に食べられれば、わざわざ高いものを食べようとは思わないし……。あ、でもマキの作ってくれるご飯が一番おいしいかな」

「ショウタさん……！　これから毎日作りますね！」

「うん、楽しみにしてるよ」

「んふふ。お母さん、ショウタ君はこういう人よ。だって、私達の実家の事すらも、全然知らないもの」

「ん？」

実家？

「そう言えばショウタさん、そんな話は一度もされていませんね。苗字を名乗った時も、特に反応が無かったですし……」

「あら、そうなの？　無欲というか無知というか……。ここまで来たら、もはや天晴《あっぱ》れね。なにをどう考えてれば、こんな一般常識が抜け落ちるのよ」

「んん？」

何の話⁇

「ふふ、ショウタ君不思議そうな顔してる。ね、早乙女《さおとめ》財閥って知ってる？」

「ん？　……うーん、どこかで聞いたような」

「ほらね？　この程度の認識なのよ」

「こんな人がいるのね……。最初マキに近付いてきた時、お金目的かと疑ったのが申し訳なくなるわ」

「ショウタさん、ダンジョンの事しか頭に無いですから」

「それなら余計に知ってるべきでしょうに。アマチ君、あなたが2人を貰い受けるなら、知っておくべきことがあるわ」

そう言って支部長は、とんでもない情報を教えてくれた。

支部長の父。そしてアキとマキの祖父は、日本ダンジョン協会第一本部局長だという情報だった。

会議は踊る2

「皆、お待たせー！」

「お待たせしました」

通信用ソフトを立ち上げ、カメラに向かって挨拶をする。

アキにとっては一日ぶり。マキにとっては数週間ぶりの会議への参加だった。

『おお、アキちゃん、マキちゃん。今日も可愛いのう！』

『よく来たね。会議はまだ始まっていないから安心しなさい』

『2人ともいらっしゃい。昨日は大変だったらしいわね』

「あたしは大丈夫だよー」

「ご心配ありがとうございます」

そう返事をした後も、彼女達をもてなそうと大人達がわいわいと声を掛けていく。本来の2人なら、聖徳太子並みに聞き分けを行い、そつなく応対していくのだが、今日は心ここに在らずと言った様子で、声を掛けられても上の空だった。

彼らはその事情を知る由もないが、ショウタからの告白を受け、2人は今や天にも昇るような心地だった。会議に遅れそうになったのも、設定していたアラームが鳴るまで、ぼーっと過ごしていたからである。

「あうぅ。姉さん、今日は出前を頼もっか。今の私、ご飯を作る余裕がないよ」

「ん、分かった。でも明日は早起きしよ？ ショウタ君にお弁当作ってあげなくちゃ」

「うん、そうだね。しっかりしなきゃっ」

「はぁ……それにしても今日のショウタ君、一段と格好良くなかった？」

「うん。思い出すだけで、胸がドキドキしちゃう」

「にひ。あたしも～」

そんな惚気た会話を、マイクがONのまま話す2人を、大人たちは嫉妬や祝福を込めた目で見つめていた。

そこに、最後の面々が遅れてやって来た。

『ごめんなさい、待たせせたかしら』

『お、お待たせしましたー！』

『間に合いましたかね。……いえ、どうやら重要な何かを見逃してしまったようですね』

『初心者ダンジョン』の支部長ミキと、『ハートダンジョン』の支部長ヨウコ、そして日本ダンジョン協会第一本部局長の3名だった。彼らは会議の空気と、それに気付かず惚気る2人を見て、なんとなく状況を察するのだった。

『アキ、マキ。その辺にしておきなさい』

「はぇ？　お母さん、いつのまに」

『惚気るのはいいけど、マイクの電源は切るようになさいね』

「「……ッ!?」」

現状に気付き、顔を真っ赤にさせる2人を無視して、ミキは舵を取った。

周囲の者達は、親バカのミキが淡々としている様子に驚きつつも、気持ちを切り替える。

『では、本日の会議を始めさせていただきます。議題は引き続き、先日発見された、無意味と思われていたスキルの重複取得の件。それから、収拾がついた『ハートダンジョン』の件になります』

ミキは端末を操作し、資料を各々へと送った。

そこには各スキルの詳細が載っており、元々あったデータを基に、全てショウタが自身で再検証したものだった。

・怪力：効果時間1分00秒　再使用10分。効果中腕力2倍。
・怪力Ⅱ：効果時間1分30秒　再使用9分。効果中腕力約2・2倍。
・迅速：効果中3倍の速度で動けるようになる。走り続けるとさらに加速する事も可能。上限速度5倍。しかし、知覚する為に相応の『知力』と、負担に耐えうるための『頑丈』がないと身体に悪影響が出る。

・迅速Ⅱ：効果中約3・2倍の速度で動けるようになる。走り続けるとさらに加速する事も可能。上限速度約5・2倍。しかし、知覚する為に相応の『知力』と、負担に耐えうるための『頑丈』がないと身体に悪影響が出る。

『ほとんどは昨日送らせていただいた資料と同じですが、ここに新たな発見がありました。長年謎に包まれていた『鑑定Lv5』の効果です。スキルの重複取得をしている冒険者を視たときにだけ、現在重複取得している数と、次のレベルアップまでに必要な個数。その2点が視られるようになっていたのです』

『ほぉ……』

『かなり有益な情報ね。それがあれば、重複で使用した事に対する真実味が増すわ』

新たな活用方法に複数の者が好意的に受け止めたが、ミキの発言に問うように、1人の男が手を挙げる。会議では『ご老公』と呼ばれる、『上級ダンジョン』の支部長を務めている人物だ。

『どうぞ』

『うむ。ミキちゃんや、それは君自身の目で確かめた。ということで良いのかね？』

『はい。最初にこのスキルを発見した者に使ったところ、判明しました』

『それほどに大量にスキルを得られる者が、ミキちゃんのところにいる訳か。先日の『怪力』の件、そして資料にある『怪力Ⅱ』『迅速Ⅱ』。更には明日に出品予定とある大量のスキルオーブ。今まで表には出てこなかった人物が、活動を始めたという事じゃな』

『……』

ミキはこれに対し、沈黙を選択した。

『沈黙は是と認めるぞい？』

『ご老公。今回の件、局長からは追及を止められていたではありませんか』

『あれは、ワシらが直接そやつに手を出すなという事じゃろう。なぁに、これはただの確認じゃて。現に局長も、ワシの発言を咎めぬであろう？　そう言うおぬしらも、気になっておるのじゃろうに』

『それはそうですが……。アキちゃんの、そしてマキちゃんの大事な人なんだろう？　君たちは良いのかい？』

「うん？　そうだねー、おじさんがこういう事を言う時って、大体相手を認めてる時なんだよね。だから、あたしは好きな人が褒められてるのは嬉しいかなー」

「おじ様に認めてもらってるなんて、とっても誇らしい気持ちです」

『かーっ！　この惚れっぷり、こっちまで顔が熱くなるわい！　2人にこんなこと言わせるとは、罪な男じゃのう!!　局長に止められてなければ、直接吟味しに行っておったわ！　……さて、アキちゃんとマキちゃんが1人の男の専属になったことは、もうワシらの耳にも届いとる。その人物が誰なのかもな。じゃがその男、どうにも情報が無い。まるで本当に、今まで人の目に触れなかったかのようで、不思議でならん』

事実、3年間人気のないダンジョンに引きこもっていた男である。彼の成長曲線の悪さを知っているのはアキくらいのものであり、彼女は妹にも、その詳細までは伝えていなかったのだ。

そしてあのダンジョンから出て行く時には、彼はもう『鑑定妨害』を持っていた。その為、正確な最新情報を、誰1人として手に入れる事は出来ていなかった。

『今後、その男が手にして出品するスキルには要チェックじゃの。連続で出品されては、オークションでも値崩れが発生するじゃろう』

『いえ、今回の重複取得の情報も同時に発表されるわけですから、むしろ供給だけでなく買い手も増えるのではないでしょうか』

『おお、そうじゃったの。一度手に入れて満足していたものが戻ってくるのも考えられるか。『迅速Ⅱ』はデメリットの制御が困難じゃが、『怪力Ⅱ』に関しては素直に効果時間が延び、更には再使用間隔の短縮がある。金だけは余ってる連中は黙っておらんじゃろう』

『そうですね。あとは、明日には新種レアモンスターがドロップした、全く新しいスキルも出品されるようです。彼の行動には、目が離せませんね』

男性陣が盛り上がる中、今まで笑顔で会議を見守っていた、妖艶な貴婦人が質問を投げかけた。

『ミキ姉さん。……いえ、この場合はアキちゃんとマキちゃんが正しいかしら』

『中級ダンジョン』を管理する、サクヤ女史だ。姉妹やヨウコにとっては、卒業した学校の大先輩であり、憧れの存在である。

「『は、はいっ』」

『彼に、直接依頼することは可能かしら？　オークションを通さずに、スキルを取ってきてほしいという内容の』

「ちょ、ちょっと待ってくださいね」

『ええ』

彼女達は一度了承を取ってマイクをＯＦＦにした。

「どうしよう、マキ」

「どうするって……」

彼女達は渋っていた。出来る事なら、彼には自由に動いてほしかったからだ。スキルオーブの取得は彼自身が強くなることを優先し、余ったものだけを出品してもらえればと。けれど、彼がもっと活躍していくためには、今後は冒険者ランクだけでなく、他の協会とのパイプも必要になってくる。外交関係も、ショウタから任せられた身としては、ここは恩を売る為にも頷いたほうが良い。しかし、快諾も難しい。

それを思って悩んでいると、２人の母親が助太刀した。

『サクヤ。娘たちに代わってお答えしましょう。スキルの依頼は、こちらが提示しているものの中からであれば、高い確率で確保が出来るかもしれません。ですが、確証はありませんし、それ以外のスキルとなる場合は要相談。となるでしょうね』

『あら、いいのですか？　冒険者さんを通さずに勝手に決めてしまって』

『ええ。こちらから多めに持って帰ってきてほしいと、お願いをするだけですから。ですので、現段階では確実性はありません。それでも良いですか？』

2人が話を進める中、姉妹はその提案に衝撃を受けていた。

「ショウタさんにお願い……！」

「あ〜ん、その発想はなかった〜。誰かを揶揄《からか》うときならすぐに浮かんでくるのに、自分の事になると頭働かないよ〜」

『お願いをする』。それは、相手に奉仕し、尽くすことを第一の信条とする姉妹にとっては、思いもよらない選択肢だったらしい。

『……ふふ、構いませんわ。それで、今は何が選べるのかしら』

『今は『怪力』と『迅速』の2つだけですね。これから増えるかどうかは彼次第かと』

サクヤによって、オークションを通さない新たなスキルの入手手段が出来上がったことに、会議は夜通し盛り上がった。その結果、『ハートダンジョン』の顛末は簡易的な報告に留まり、強化体の詳細はまた翌日へと延期されることになるのであった。

『私、空気だなぁ……。でも、伝達事項に使える『迅速』は欲しいかも……。先輩価格でちょっと安くならないかしら』

『ハートダンジョン』支部長は、そうぽそりと呟いたが、誰の耳にも届かなかった。

過去を振り返って

「あー、しかしビビったな。2人がまさか生粋のお嬢様だったなんて」

2人が協会第一本部局長の孫娘か……。

支部長から衝撃の言葉を受けてから数時間後、家へと誘う2人に断りを入れ、俺は今自宅へと戻ってきていた。

マキは元々育ちの良さは感じてたけど、アキがなぁ……。そう思ってたら、アキも自覚があるのか、口を尖らせていたのは可愛らしかったが。

「久々の我が家だけど……やっぱり不便だよな」

なんだかんだで3日ぶりだけど、正直ここも引き払おうかと考えていた。

なぜならここからの最寄りダンジョンは『アンラッキーホール』なのであって、『初心者ダンジョン』ではないのだ。電車も使わず徒歩で向かった場合、1時間近くもかかるので、割と遠い。

アキはああ見えて車の運転が出来るから、それで通勤してるみたいだったけど、電車の俺は毎回それなりに時間がかかっていた。

ハッキリ言って、微妙に面倒なのである。

ここに住むと決めた理由も、『アンラッキーホール』に近くて家賃が安い、というだけであって、特に愛着は無い。なんなら、ダンジョンが出現した事で一度賑わいを見せたが、実情が知れ渡り、今ではほぼゴーストタウンとなっている。

元々この建物は、冒険者用にリフォームされたものではあるんだが、上記のこともあって、この土地の価格は大暴落。もはや投げ売りのような状態になっていた。

当時、冒険者になりたての、ゴブリンにすら苦戦していた俺は、『アンラッキーホール』のスライムなら安定して勝てると知った。俺がここに住もうとしていたのも、丁度家賃が下がりに下がった時だったと思う。

あの頃は、本当に1ヶ月の稼ぎでギリギリだった。1日10個……2000円の稼ぎに対して、家賃光熱費合わせて4万。毎日入る事でようやく食費もなんとかなるような状態だった。

レベルアップによる最初の『SP』は『腕力』に割り振ったものの、結局スライム相手にはあまり意味がない事を理解した。だから、一点の可能性に賭けて、誰もが見捨てた『運』を上げ始めた。

しかし俺の『SP』はたったの2。1度や2度のレベルアップでは、大した違いを感じられなかった。

それでも、1ヶ月後。5レベル分の『SP』を『運』へと注ぎ込んだ辺りで、ようやく明確に、1日の稼ぎに変化を感じた。

1日で、40個の『極小魔石』が採れるようになっていたのだ。

それは『運』が上がった事によるドロップ率の上昇と、レベルアップにより微々たる速度で成長していたステータス。2つの要素によって狩りの効率が上がった為だ。そうして、1日に100匹狩れるのが当たり前になった頃、アイツに出会ったんだ。

最初のレアモンスター、『水色スライム』に。

最初の頃は何かの見間違いかと思った。

元の青色スライムに酷似していたアイツは、変わった行動をするでもなく、倒してもたまに『極小魔石』を落とす為、特別な存在には思えなかった。けれど、スライムを倒す以外にすることが無かった俺は、出現する条件を考え続けた。

スライムを狩って狩って狩って狩って狩って。

狩って狩って狩り続けた。

そうして幾度となく倒すうちに、今度は『水色スライム』の死んだ煙から、『緑色スライム』が現れた。

その頃には、出現の条件も理解し始めていた。１００匹連続で討伐した際に、確率で湧くのだと。

そこからは、ただひたすらに先を求めて狩り続けた。微々たる量しか入らない経験値で、なんとかレベルを上げては『運』に割り振り、ドロップ率と出現確率を上げていく日々。

そして執念の果てに、３年かけて、俺はゴールへと辿り着いたんだ。

今思えば、少し無駄な事をしていたと思う。

だって、１％を割る確率の場合、レアモンスターは湧かない可能性が考えられるんだから。

最初の『水色スライム』は、出現の期待値は『ホブゴブリン』や『マーダーラビット』と同じく1なんだろう。そして最初に、奴が湧いた時の『運』は10程度だった。なら確率も10％だろう。そこから先は期待値が半分ずつ減っていくと仮定して、５％、２・５％、１・25％……。

それを考えれば、あの頃はどんなに頑張っても、4段階目の『紫色スライム』が限度だっただろう。……いや、待てよ？　半分ずつになると仮定した場合、『運』が60では虹の段階で0・9になるな……。

まあ、これらは全て仮説でしかない。本当は出現率の低下は半減ずつなどではなく、多少の誤差だってあるかもしれないし、1％の壁も『黄金蟲』とスライムとでは別の可能性だってある。更には出現確率だって、俺の統計ミスで、そもそも誤りだった可能性もある。だから、この仮説が絶対であると思い込む必要もないよな。

「考えが逸れたな。……とにかく、この家にこれからも住み続ける意味は、もうないってことだよな。いつかスライム達に会いに行って、『レベルガチャ』が『Ⅱ』へと成長するか試してみたいところではあるけど……。それは、今ではない」

となれば、やっぱ引っ越しするべきなんだよな。

持って行きたいものは……特にないな。家具も備え付けのものを使っていたし、大事なものと言えば装備くらいか。『黄金の種』もまだ植えていないし。

アキとマキに相談して、『初心者ダンジョン』の近くで良い物件を紹介してもらうとするか。

お金はあるし、物件が決まるまでは近くのホテルに泊まれば良いだろう。

ああ、そういえば明日、オークションがあるんだよな。早ければ、明後日にでもなんとかなるか？

この建物は一応、協会の管理下ではあるので、退去や解約の処理も、2人にお願いしてしまおう。

「あ、そうだ」

寝る前に、ガチャを回さないとな。

「『レベルガチャ』起動」

そう言えば、家の中でこいつを呼び出すのは初めてだな。

いつもはダンジョンの中ということもあって周りに気を遣いながらだったけど、今なら余裕を持って見ていられるな。

と言っても、最初に出した時から、別段おかしな点が増えてるわけでもなく、新たな発見があるわけでもない。

至って普通の、カプセルトイマシーンだった。

「まあ、書いてる内容も出てくる景品も、普通とはかけ離れたラインナップをしてるけどな」

俺はいつものように「10回ガチャ」を押した。

『ジャララ、ジャラララララ！』

出てきたのは青4、赤4、紫2だった。

『R　腕力上昇＋10』
『R　器用上昇＋12』
『R　魔力上昇＋10』

『R　知力上昇＋１２』
『SR　器用上昇＋２５』
『SR　俊敏上昇＋２５』
『SR　魔力上昇＋２８』
『SR　知力上昇＋３０』
『SSR　頑丈上昇＋７０』
『SSR　スキル：体術Lv１』

＊＊＊＊＊

名前：天地　翔太
年齢：２１
レベル：６
腕力：３４０（＋３３１）
器用：２９６（＋２８７）
頑丈：４０６（＋３９７）
俊敏：３４５（＋３３６）
魔力：３０９（＋３０２）
知力：２７８（＋２７１）

運：７３２
スキル：レベルガチャ、鑑定Ｌｖ５、鑑定妨害Ｌｖ５、自動マッピング（１／３）、鷹の目、金剛外装Ⅱ、身体超強化Ｌｖ１、怪力Ⅱ、金剛力Ⅱ、迅速Ⅱ、金剛壁Ⅱ、予知（１／３）、二刀流、体術Ｌｖ１、剣術Ｌｖ１、投擲Ｌｖ３、元素魔法Ｌｖ１、魔力回復Ｌｖ２、魔力譲渡、スキル圧縮
トロフィー：黄金蟲

＊＊＊＊

「おおー、ステータスの成長も凄いし、新しいスキルか。Rなんて最初は3とか5だったのに、今ではもう10とか12も貰えるなんて。凄いな……。えっと、それで『体術』は……」

『常時発動スキル。保持者は、身体の扱いに対する理解が深まり、近接格闘の技能、及び体幹やバランス感覚が向上する。末端価格、３０００万～』

なんかもう、最近はとんでもない価格のスキルを見ても驚かなくなったな。

それにしても中々便利そうなスキルだ。早速試してみよう。

「よっと……おお。Y字バランスもお手のものだな」

今までならフラついていたか、もしくは『身体強化』で無理やりバランスを取っていたと思うが、今では無理なくポージングが取れている。『迅速』の最中にモンスターを狩る作業も、急なバランス制御が求められる場面が多かった。『身体強化』をフル活用すれば無理な体勢でも転倒は免れてきたんだが、その代償として身体のあちこちを痛めがちだったんだよな。

それに、狩りの後は疲労が溜まりやすい欠点もあった。一応『頑丈』と『身体強化』があるおかげか、スタミナの最大値も、自然に回復していく速度も、常人とはかけ離れたものになってはいたが、辛いものは辛いのだ。

このスキルを使えば、今まで以上に楽が出来そうだな。

「それにしても、今日も色々あったなー……」

『レベルガチャ』を得てからというもの、激動の毎日だ。

自分のステータスが１００を超えるというのも。

レアモンスターを狩れる存在になるというのも。

大金持ちになるというのも。

ダンジョンの秘密が暴けるというのも。

美人の彼女が２人も出来るというのも。

それがまた良家のお嬢様だというのも。

ちょっと前までは信じられなかっただろうな。これも全部、『運』が為せる業なんだろうか。

このスキルを得る前も、得てからも。幾度となく『SP』を『運』以外に割り振ろうかと考えたものだが……。改めて、レベル2以降は極振りし続けて、よかったなぁとしみじみ思う。

ここまで来たら最後まで『運』に割り振ろう。もしその結果、レアモンスターからレアモンスターが現れたとしても、準備を怠らなければ何とかなるはずだ。

そう考えていると、不意に、彼女達の顔が浮かんだ。

俺がなんとかなっているのも、『準備』を彼女達が整えてくれているからだ。

一応、もう親公認でお付き合いしてる恋人というか、婚約者みたいなものなんだし、このままいつものように寝るのは、何だか違う気がしてきたな。

「よし、電話してみるか」

スマホを取り出し、『ダンジョン通信網アプリ』機能を使って、専属2名に同時発信をしてみる。

何回かのコールのあと、電話がつながった。

「こんばんは」

『こ、こんばんは、ショウタさん。どうされました？』

『ショウタ君からかけて来るなんて、珍しいじゃない』

初めてこの複数通話機能を使うが、問題なく機能したようだ。

声から察するに、マキは少し緊張した様子だった。

「うん、少し話したいなと思って。会議は終わった？」

『はい。色々ありましたけど、無事に終わりました』

アキは欠伸《あくび》を我慢できなかったようで、眠たそうに声を上げる。

『ふわ……。ま、盛り上がり過ぎて、一部は明日に持ち越しだけどねー。今教えよっかー？』

「いや、それは明日に回そう。今はダンジョンの話じゃなくて、2人の声が聴きたかったんだ。ほら、せっかく支部長から許してもらったのに、恋人らしいこと何もできずに解散になっちゃったからさ。2人みたいな綺麗で可愛い子と付き合えるなんて、夢みたいで。ちょっと確かめたくなった」

『ショウタ君……。うぅ、今すぐ会いたくなってきた』

『私も、甘えたい気持ちでいっぱいです……』

「はは、それは明日ね。お互い、今は我慢しよう」

それから2人と、とりとめの無い話をした。

寝る前という事もあって、あまり長時間話は出来なかったけど……。ダンジョンには極力触れず、学生時代の思い出話に花を咲かせた。

まあ俺の思い出なんて、あってないようなものだったので、もっぱら俺が聞く側だったけど。

話を聞いてる限り、2人の通っていた学校は、上流階級のお嬢様が集う、有名な所らしい。一般的な高校としての教育も果たしつつ、冒険者の育成と、受付嬢の育成も両立した、先進的な施設だったようだ。

その学校で、ヨウコ先輩をはじめ色んな先輩がいたとか、困った後輩がいたとか。楽しそうに語る2人に相槌を打ちつつ、その日はお開きとなった。

彼女達はもっと話したそうだったけど、昨日の疲れもあるだろうと説得して会話を切る。

もっと話したいという気持ちは俺にもあるけど、ここはぐっとこらえよう。でも、寂しい思いはさせてるみたいだし、明日は出合い頭に思いっきり抱きしめてみようかな。ああでも、Cランクにならないと、正式に2人同時には娶れないんだよな。

そこはちょっと残念に思いながらも、布団へと飛び込む。

今日は良い夢が見れそうだ。

[初心者歓迎]Ｎｏ．５２５初心者ダンジョンについて語るスレ　[第３１３階層目]

１　名前：名無しの冒険者
ここはＮｏ．５２５初心者ダンジョンに集まる、駆け出し冒険者の為の掲示板です。ルールを守って自由に書き込みましょう

◇

１７７　名前：名無しの冒険者
ようやく落ち着いてきたな

１７８　名前：名無しの冒険者
それでも１スレッド以上丸々消費させられたがな
マキちゃんと姉のWデート情報は、奴らには刺激が強すぎたらしい

１７９　名前：名無しの冒険者
まあ、ここの古参勢としては祝福を贈りたいところではあるんだがな

１８０　名前：名無しの冒険者
あいつまだFランクなんだろ？
まだ素直に喜べねえな

１８１　名前：名無しの冒険者
ま、あの子達もそれはわかってるはずだし、何とかなるだろ
人気がある分、ちゃんと優秀な子達だからな

１８２　名前：名無しの冒険者
なんだ、お前姉の方とも面識あるのか

１８３　名前：名無しの冒険者
まあ、長いしな

１８４　名前：名無しの冒険者
そんなベテランさんはいつまで居残りしてらっしゃるんで？

185　名前：名無しの冒険者
うるせえよ。お前だけ次の講座の代金倍にすんぞ

186　名前：名無しの冒険者
横暴だ！

◇

192　名前：名無しの冒険者
ところで、見たか？
明日のオークションの品ぞろえ

193　名前：名無しの冒険者
見た見た。『金剛外装』だっけ？
また随分とぶっ飛んだスキルが来たな

194　名前：名無しの冒険者
こんなん、誰もが欲しがるだろ
しかもそれを見込んでか、２つ同時の出品とかよぉ
他にも派生スキルが２つも出て来てるし、明日は途中の盛り上がりも結果も、
どっちも見ものだよな

195　名前：名無しの冒険者
初期額が３億か。絶対跳ね上がるだろこれ

196　名前：名無しの冒険者
でもさ、なんで分けずに１度に出品したんだ？
１個ずつ出せば、絶対そっちの方が高額で売れただろうに

197　名前：名無しの冒険者
一気に売り切りたい訳があったとか？
他の金剛シリーズも出してるし、出品者はどうせ同じ奴らだろ
わざわざ支部長の名前借りてるくらいだしな

198　名前：名無しの冒険者
まあ、こんな高位スキル、ずっと持っているのはあぶねえもんな

消費魔力５０は重たいけど、咄嗟の時に便利だし。普通は使うよな

１９９　名前：名無しの冒険者
……もし、使った上で出してるとしたら
いや待て、そもそも使わないと、この効果の検証しようがないぞ

２００　名前：名無しの冒険者
じゃあ、この出品者は３つも手にしたって事か？　異常だろ！？

２０１　名前：名無しの冒険者
宝箱から手にしたとか？

２０２　名前：名無しの冒険者
いや、それは有り得ない
初心者ダンジョンの宝箱から出るスキルオーブは１個だけだったはずだ

２０３　名前：名無しの冒険者
その有り得ないことがもう起きてんだけど

２０４　名前：名無しの冒険者
もしもこの次のオークションでも似たようなことになってたら、やべえな

２０５　名前：名無しの冒険者
革命起きるって

２０６　名前：名無しの冒険者
けど、そもそも、こんなスキルを出すレアモンスターや宝箱、うちにいたか？

２０７　名前：名無しの冒険者
いや、聞いたこと無いな

２０８　名前：名無しの冒険者
じゃあ、他所から持ち込んだのか？

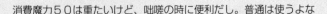

２０９　名前：名無しの冒険者
それしか考えられないが、そんなもの、他の支部長も、厳格なうちの支部長も、許すもんかね？

２１０　名前：名無しの冒険者
あの支部長が不正を許す？　それも有り得ねえだろ。想像つかんわ

２１１　名前：名無しの冒険者
陰謀論は非建設的だし、別の話しようぜ

２１２　名前：名無しの冒険者
そういえばチラッとだが、今日の夕方私服姿のマキちゃんとお姉さん見たぜ

２１３　名前：名無しの冒険者
＞＞２１２
ま！？

２１４　名前：名無しの冒険者
あれはデート帰りだな。俺にはわかる

２１５　名前：名無しの冒険者
＞＞２１４
おい、油を投下すんなよｗｗ

新たなる出会い

翌朝。

朝食を食べ、改めて必要なものをチェックしていると、不意にスマホが鳴った。

この着信音は、マキだ。

「もしもし」

「おはようございます、ショウタさん」

「おはよう。どうしたの？」

「えへへ、昨日のお返しです」

昨日の？　……ああ、そういうことか。

くそ、可愛いな。

「もうすぐ会えるってのに、我慢できなかったの？」

「はい。それに、一度やってみたかったんです。モーニングコール……」

「なるほど。じゃあ日替わりでお願いしようかな。アキも聞こえてるよね？」

「うん、やるやるー！」

朝から元気の良い事で。

「それじゃ、またあとで」

「はい。また」

「またねー！」

電話を切り、晴れやかな気分で用事を再開する。

必要なものはリュックへと詰め込み、掃除をしてゴミを出す。

そして最後に、1度部屋を見回し、見納める。

「……3年間、お世話になりました」

◇

いつものように電車に乗り、いつものように協会への道を進む。

『黄金の種』などの私物は、リュックに入れて持ってきたけど、一度協会に預けてしまうか。利用したことは無かったが、冒険者なら誰でも使えるロッカーがあったはず。

そんな事を考えつつ、あと数分で協会……といった所で、小さな影が道を遮った。

視線を下ろして見ると、そこには上質な服を纏った少女がいた。その少女に見覚えは無かったが、相手の視線は明らかにこちらを捉えており、俺に用があるのは間違いないようだった。

「あなたが、アマチ、ショウタ様であってるかしら」

「そうだけど……君は？」

不遜な物言いと、その態度から滲み出る自信の表れ。ツインテールを風に靡かせた金髪の少女は、ドヤ顔で言ってのけた。

「わたくし、冒険者ですの。あなた様と同じですわね」

「ふぅん？」

金髪ツインテールという、いかにも生意気そうな見た目だが、言葉遣いと所作は、思いのほか丁寧だった。低身長も相まって、随分と幼く見えるが……学生さんか？

今日は平日だし、学生なら学生服を着てるはずなんだが……。冒険者だっていうし、免除されてるのかな。

一応ダンジョン関係のお仕事は、男女問わず中学卒業後から就業する事が出来る。その際、ダンジョンの協会員として、受付や調査員の仕事に就くか、自らダンジョンへと潜る冒険者になるかが選べるわけだ。

まあほとんどは、直接就業せずに、専門の学校に通って知識やトレーニングを積み重ねて、ようやく本番入りするわけだけど。特に冒険者業は、何の準備もなしに行っては死亡率が高いからな。

少女をよく見ると、その胸には冒険者の等級を表すバッジが装着されていた。バッジの色合い的に、恐らく学業よりも冒険を優先している子なのかもしれない。

そこに輝くのは、俺より2つ上のDランク。一応目上ということになる。

年下だろうと下手な扱いは出来ない。この服も、普段着に見えて上等な防具なのかもしれないな。

若いのに頑張ってるんだなー。

俺も一応、胸にはバッジを身に着けてはいるが、最下級の1個上のものだ。

『アンラッキーホール』で大量に魔石を稼いでいた時に、アキから「昇格したよー」と言われて受け取った、年季の入ったものだけど……。あれも、かなり前の事だよな……。

今日のオークションの後に更新する予定だというけど、それまでは俺のランクはこの通りFのままだ。

「それで、こんな低ランクの俺に、何の用かな？」

「あなたに会いに来ましたの。お話、宜しいかしら」

そう言って少女は、近くの喫茶店を指さした。

これがただのファン、というなら全然よかったんだが。そんなはずはない。スキルオーブの大量確保などの活躍をしているが、それはまだ協会内部で秘密になっているし、一般の冒険者には知らされていないのだ。俺個人が話題に上がるとしたら『スライムハンター』かマキの専属絡みかのどちらかだけだろう。

……だというのに、俺の『直感』がどちらでもないと警鐘を鳴らしている。どうにも不穏な空気だ。

そう思って、『直感』の命ずるままに『鷹の目』を使用した。

すると、俺はそこで、ようやく今の状況を把握した。

「……っ！」

仮にこの少女1人が相手だったとしたら、どうとでも出来たんだろう。

けど、『鷹の目』がもう1人の存在を捉えてしまった。

「……」

俺の背後、約2mくらいの位置に、メイド服姿の女性がいた。この気配、明らかに手練れだ。そ・・・・こにいると思わなければ、見失ってしまいそうな不思議な感覚。こんな近距離にいるのに、『鷹の目』で見るまで、その存在にまるで気付かなかった時点で異常だ。

『金剛外装』を使えば逃げ切れるかもしれないが、俺の『直感』が、それでも止めておけと告げている。そもそも街中で戦闘スキルを使うのはマナー違反だ。大事な彼女達にも迷惑が掛かるだろう。

一体、いつの間にマークされていたのやら。

少女に呼び止められるまで、気付かずにのんびり歩いていたんだから、俺もまだまだってことだよな。

「……時間はかかるかな?」

「すぐに済みますわ。あなたの、返答次第ですけれど」

少女は挑発的に微笑む。こうなる理由にまるで心当たりが無いが、仕方がない。

ここは素直に受けるとしよう。

「それじゃ、専属に連絡だけさせてくれ。1時間ほど遅れると」

「まあ。正解ですわね。あなたの専属なら、30分程度なら当然のようにエントランスで待ち続けますもの。まるで忠犬ですわ」

少女がくすりと笑う。

「……うちの専属と、知り合いなのか？」

「ええ、それはもう」

ああ……。これは、本当に面倒ごとの予感がする。

◇

ツインテールをなびかせた少女と不穏なメイドに挟まれて、喫茶店へと入る。

この店も、冒険者用にカスタマイズされた店であり、完全な個室タイプになっていた。注文はタッチパネルで行い、商品はレーンに載ってやってくる。

そして支払いは、『ダンジョン通信網アプリ』内の機能で可能と。これにより、誰にも邪魔されないよう徹底したシステムとなっていた。

「ふふ、ここならゆっくり話せそうですわね」

そう言って少女はテーブルの対面に座った。

しかし、俺としてはゆっくり出来そうにない。

「逃げはしないから、この背後のメイドさん何とかしてくれない？　気が散るんだけど」

「あら？　想像以上に優秀なんですのね、彼女の存在に気付くなんて」

「ん？　存在って……ハッキリと見えるんだが」

振り向くも、別に存在感が薄いとか、朧《おぼろ》げに見えるとかそんなことはない。普通に美形の……視線と気迫がちょっと強めのお姉さんだ。

「お嬢様、私のスキルは一度発見されれば同じ相手にはしばらく効果がありません。隠形《おんぎょう》して近付きましたが、即座に発見されました。以後、彼にはずっと視られております」

俺は、今このタイミング以外、一度も振り向いてない。にもかかわらず『ずっと』なんて言うってことは、『鷹の目』の事を言ってるのかな？

『鷹の目』って、実際に目玉が浮いてるわけではないし、実体はないはず。それにさえ気付くなんて、本当に高レベルなメイドさんなんだな。

「まあ、そうだったのね。アイラ、こちらに来て座りなさい。ショウタ様は話を聞いてくださるそうだから」

「畏まりました」

アイラと呼ばれたメイドさんが少女の隣に座る。彼女もまた金髪なので、横に並んでいれば年の離れた姉妹のようにも見える。

さて、どんな話が飛び出るやら……。気持ちを落ち着けるためにも、糖分は欲しいよな。そう思って手を伸ばすが、メイドさんに先手を打たれ、タッチパネルが奪われてしまった。

「アイラ、いつものをお願い。ショウタ様は、紅茶に角砂糖3つで良かったかしら」

「え、あ、ああ」

好みまで調査済みと。ストーカーされる覚えはないんだがな。

届いた紅茶を飲み、一息入れる。

「それで、お嬢さんは俺に何の用かな」

正直、俺はさっさと話を終えてダンジョンに入りたかった。第一層はレアモンスター狩りには不向きだが、第二層は未確認が2体。それからマップ埋めとともに全レアモンスターの湧き地点の確認を済ませたいと考えていた。可能であれば強化体の確認も。

とりあえず、午前中にはある程度の目処は立てておきたいので、話が終わるなら早い方が望ましい。

「簡単な話ですわ」

紅茶1つ飲む動作すら、洗練され優雅に見える仕草に、俺はちょっとドキッとしてしまう。これが本物のお嬢様だよなぁ。マキは良いとして、やっぱりアキがお嬢様とは思えんわ。

「わたくしと、結婚しましょう」

「……は？」

き、聞き間違いかな⁇

突然……え？　急な内容に頭がうまく働かない。

この子、今なんて言った？

「ああ、申し訳ありません。少し間違えましたわ」

ああ、良かった。間違いだったか。

「わたくしと、子供をつくりましょう！」

「もっと酷くなった！」

いきなり現れて、何を言ってるんだこの子は。メイドさんも何も言わずに黙ってるし。主人の暴走を止めるのが従者の役割では⁉

俺が言えた義理じゃないが、色々と手順をすっ飛ばし過ぎだろう。

俺だってまあ、ダンジョンのためとはいえ、出会って2日でマキに急接近して、3日目にはお泊まり。4日目にはWデートして、5日目には母親に2人を俺にくださいと直談判までしたさ。

振り返ってみれば、俺でもちょーっと気が急いてたかなと思うのに。

この子の頭の中どうなってるんだ。

てか、なんで俺⁉

「お嬢様、彼が混乱しております。些《いささ》か説明不足かと」

「まあ、ごめんなさい。わたくしったら」

些かどころか説明の「せ」の字も無かったぞ。

「ショウタ様は、第二世代をご存じかしら」

「……ダンジョン発生以降に誕生した、いや。正確には、冒険者同士の間に生まれた子供の事。だったかな」

「そうですわ。高位冒険者であればあるほど、その子供は優秀なステータスやスキルを受け継いで生まれてくるというものですの。勿論、生まれたときは皆レベル1ですから、強くなれば親を超える事も可能と言われていますわね」

その話は、ダンジョン発生以降度々話題になっていたから、世間に疎い俺でも自然と耳には入って来ていた。

ダンジョン発生以前に生まれた人間は、親のステータスは一切関係なく、自身の努力と才能でステータスを成長させてきた。だが、第二世代に関しては、生まれた瞬間から格差が発生してしまうという、なんともひどい話だ。

まあ親も人間だ。無用な騒ぎは避けたいと思う人が多いんだろう。子供のステータスを公開する人はそう多くはないようで、実際どれくらいの格差が発生しているかは不明だったりする。

そして噂だが、明確に第二世代と判断出来るほど、圧倒的に強い子供が生まれるのは稀らしい。

そもそもの親が、高位の冒険者である必要がある。その為、高いステータスを保持した子供が発見されたのは、本当につい最近になってからの事だったはずだ。

ただ、第二世代の特徴は、初期ステータスが高いというだけで、『SP』やレベルアップ成長値は不明のままだ。なぜなら、10歳にも満たない子供を、ダンジョンに入れるわけにはいかないからな。

だから今のところ、第二世代はそこまで大きな期待はされていないはず。それよりも、現役の冒険者が強くなって活躍することを願う風潮が強い。

「それで、なんで今、そんな話が出たわけ？」

「んもう、察しが悪いですわね。ダンジョンが出現したこの10年。今まで、スキルオーブを安定して入手出来た人はいませんの。だというのに、あなた様はこの『初心者ダンジョン』に現れて、1週間も経たないうちに一体いくつのスキルオーブを手にしまして？　自分で使う分も確保しつつあれほどの量を出品するなんて、ハッキリ言って異常ですわ」

「……勘違いしているようだけど、俺が出品したのは『怪力』1つだけだよ」

「誤魔化しは結構ですわ。本日のオークションで、あなた様が『迅速』を含め、計7つものスキルを出品しようとなさっている事は調べがついておりますの。そんな事をやってのけるあなた様が、普通のFランクなはずがありませんわ。あなた様の話を知って、わたくしは運命を感じましたの。

あなた様こそが、わたくしの伴侶になるに相応しい御方だと！　ですが、それほどの腕をお持ちのはずなのに、ここいらの冒険者達はあなた様の事を蔑《ないがし》ろにしがちです。という事は、力を隠しておいでなのでしょう？　悪用されないように、周囲には黙っているのではなくて？　ですが、怯える必要はありませんわ。わたくしの家が後ろ盾となるのですから、これからは堂々と胸を張ってよいのです。そしてわたくしと結ばれ、強い子を育みませんこと？」

少女が捲し立てる内容に、俺は唖然としてしまった。

言ってることは無茶苦茶だが、まあ……分からないでもなかった。この子はたぶん、俺の驚異的な能力を察知して、いち早くスカウトをしに来てくれたんだと思う。最終的な目的はアレだけど。

彼女は、俺の力を受け継いだ優秀な子供をつくって、きっと何か成し遂げたい野望があるんだろうな。……たぶん、1週間前の俺なら、認められたことが嬉しくて飛びついていたかもしれない。

けど、今の俺には大事な人たちがいる。

だから……。

「さあ、この手を取りなさい。あなた様は、わたくしが幸せにしてみせますわ」

いつぞやの、この口から出てきたような言葉に、思わず口元が緩むが……かぶりを振った。

「お誘いは魅力的だし、興味深い話だけど、お断りします」

「……え？　な、なぜですの⁉」

断られるなど微塵も思っていなかったようで、少女が驚き立ち上がった。

「俺にはもう、結婚を前提としてお付き合いをしている子達がいるんだ。だから、お嬢さんの誘いには乗れないよ。……それに、俺は君の言うように強くはないよ。元のステータスは最弱だし、成長曲線も『ＳＰ』も最低値。……だから、もし仮に、俺と君の間に子が出来たとしても、第二世代としてではなく、普通の子供になるんじゃないかな。だから、期待させて悪いけど、お嬢さんの野望には協力できない」

ま、今はそんな未来よりも、身近なダンジョンを余す所なく制覇していく事に専念したいんだよな。

「そ、そんな！　まだ2人とはお付き合いしていないと聞きましたのに！」

「うーん、それは昨日までの話だね。彼女達に告白して、親からも許可をもらった。だから悪いけど、君と結婚することはできない」

「ガーンですわ！」

擬態語にすら語尾を付ける彼女がおかしくて、笑ってしまいそうになる。

なんとかそれを我慢して席を立った。

「そういう訳だから、ごめんね」

俺は唖然とする少女を置いて、喫茶店を後にした。

メイドさんは、俺が部屋を出るまでじっとこちらを見ていたようだったが、口を挟むことも追いかける素振りも、見せる事はなかった。

喫茶店から出た俺は、メイドさんに動きが無かったことに若干怯えつつ、警戒の意味も込めて『鷹の目』を使いながら協会へと早足で駆けて行こうとした。

しかし、そこで別の問題が起きた。

「うっ!?」

問題というのが、情報量の多さだ。

ダンジョンで『鷹の目』を使用した時は、付近の敵の情報を上空からの視線で集めつつ、本来の目で周囲の状況を把握し動くことが出来た。しかし、街中は人の山だ。それぞれの人の動線を気にしつつ、メイドさんの接近を警戒しながら前を歩こうとすると、飛び込んでくる情報の数に眩暈《めまい》が起きてしまった。

危うく、足がもつれてすっころぶところだった。

街中で不用意にスキルを使うもんじゃないな。

『知力』がいくら高まっても、こういう情報を処理する頭は、俺にはなさそうだ。諦めて、普通に進もう。

そうして、2人に連絡をしてから30分も経たないうちに協会へと到着し、ハナさんを経由していつもの専属部屋へと到着。心配する2人に、さっきまでの状況を説明した。

そして少女の口から、結婚とか第二世代の話が出た辺りの説明をしたところで、2人は頭を抱えた。

「なんてことでしょう……」

「とんでもない嗅覚ね……」

「だ、だいじょうぶ?」

2人は想像以上に深刻な顔をしていた。

「ショウタさん、その子の名前は聞きましたか？」

「あ、そう言えば聞いてないや。でもメイドさんは、アイラさんって名前だったかな」

「美人で目つきが鋭い人？」

「そうそう」

2人は再び、盛大にため息を吐いた。あの子も知り合いだって言ってたし、間違いないんだろうな。続けてその後の話と、その時に考えた事すべてを語り終えると、今度は彼女達の顔がとろけていた。

「ショ、ショウタさんの大事な人……。えへへ」

「結婚を前提……それに子供。……でへ」

3人欲しいんでしょ。なんて野暮なことは言わない。

とりあえず、2人のこの反応は嬉しかったけど流しておく。

「そういうことだから、無事に話は終わったよ」

「……はっ。い、いえ、ショウタさん。これで安心はできません。彼女はしつこいんです」

「思い込んだら本人が納得するまで諦めないわよ。だから、なんとしてもステータスはバレないようにしてね。ショウタ君が弱いって嘘は、バレたらやばいから」

「んー……」

これだけ強くなっても、ステータスが弱いっていうのは、嘘ではないんだよな。

腕力：３７０（＋３２１）
器用：２９９（＋２５０）
頑丈：３７６（＋３２７）
俊敏：３６０（＋３１１）
魔力：３１１（＋２６４）
知力：２７６（＋２２９）
運：７３２

他人には、合計の数値しか見えていないらしく、『レベルガチャ』のブーストアイテムで増強したステータスは、『鑑定Ｌｖ５』程度では覗けないようなのだ。

合計値だけ見たら、確かに強くは見えるだろう。

けど、本当のステータスは、この（＋）を差し引いた数値なんだ。

言うなれば、俺のステータスのほとんどがドーピングだ。ドーピングも合わせて俺のステータスと言われればその通りだが、誰か……つまり子供に引継ぎをする際、果たしてどちらが参照されるのか。

それが分からない以上、もし彼女から先に声が掛かっていたとしても、結果次第では誘いを断っていたかもしれない。改めて今、正直に話すわけにもいかないし……。

諦めてもらうのは、難儀しそうだな。

「でも姉さん、アイラさんならあの問題が解決できるんじゃ」

「あー。そうね。でも、その為にはあの子がオマケで付いてくるんでしょ？　ないない」

「やっぱり、無理……だよね。アイラさん、口は堅いし義理堅いところもあるけど、雇い主よりもあの子を優先しちゃうところがあるし」

「だから引き抜きなんてできないわ。他の手段を模索しましょ」

「そうだね」

なにやら気になる話をしているが、とりあえず置いといて、まずはあの話をしよう。

引っ越しの話だ。

「……という訳で、この辺に良い家とかないかな？」

「で、では私達の隣の部屋はどうでしょう！」

「近いし便利だよ!!」

「いやいやいや。この前調べたけど、あそこ女子寮でしょ。騙されないからね」

「うぅ……」

「ぶー。名案だと思ったのにー」

今までの2回は、彼女達が同伴していたから入れたのであって、俺1人で近づこうものならガードマンが呼ばれるらしい。支部長からも、アプリのメール機能を通じて、お小言を貰った。

「では、前のお家は退去処理しておきますね。近隣で、私達の部屋に近いお家を今日中に探しますから、待っていてくださいね！」

「いや、別にダンジョンに近ければどこでも」

「だめ。これは決定事項だから」

「さ、さようで……」

まあ、契約云々を全部任せる以上、文句は言えないか。ついでに今日の分のホテルも予約を入れてくれるらしい。至れり尽くせりだな。

「あ、せっかくなら3人一緒に住めるところでも。なんて……」

「「！！」」

あっ。2人が目を見開いた。

「ショウタさん！　必ず条件に合う物件を探しますね!!」

「……あ、今のはじょうだ――」

「ショウタ君！　一度言ったからには責任持ってもらうから！」

……アキは俺が、冗談で言ったつもりである事は理解しているだろうに。マキがその気になっちゃったから乗っかるつもりだな。

まあ遅かれ早かれそうなったほうが楽かもなんて思ってたけど、展開早くないかな。それとも、あのお嬢様の登場で2人も焦っちゃったのかな。心配しなくても、俺は2人を大事にするって決めてるんだけど。

「あ、そうだショウタ君。これ、約束のもの」

アキは何事も無かったかのように、机の下から1本の長剣を取り出した。

「『第三世代型・木霊《こだま》一号』よ。旧世代型な上に量産品だから性能は格段に落ちるけど、『御霊』の系列だから、使い方は同じで良いと思う」

「おお、助かる」

「ショウタさん。この武器は一応鋼鉄装備よりは上ですが、あまり頑丈ではありません。無理な戦いをすると折れてしまいますので、気を付けてくださいね」

「了解」

「それとね……ちょっと言いにくいんだけど」

「なに？」

2人は顔を見合わせ、頷きあった。

「「お願いしたいことが……」」

「……ぐふっ」

2人からの上目遣いに、心臓が止まるかと思った。

「ショウタさん？」

「どうどう？　効いた？」

「破壊力、あり過ぎ……」

こんな可愛い2人にお願いされて、断れる男なんている？

いねえよなぁ⁉

「何でも言ってくれ！　あ、でもダンジョン関係のことしか出来ないけど」

「それは勿論だけど……。自分達でやっといてなんだけど、ショウタ君、チョロ過ぎない？」

「それだけ好きなんだから仕方ない」

「すっ」

「そ、そ、それでは、これを」

一瞬で沸騰したアキと、モゴモゴし始めるマキを眺めつつ、端末を受け取った。

「なになに、スキル依頼注文書？」

「はい。実はですね——」

なんでも、昨日の会議で俺の技能を使って、集める事が可能なスキルを2人経由で依頼して、オークションを介さずに直接売買するシステムの発案があったらしい。これなら、スキルのやり取りが今まで以上にスムーズになって、更には恩も売れて『win-win』なのだとか。

まあ期限も特にないし、『怪力』や『迅速』だけなら問題ないから良いかな。とりあえず1個は、『Ⅲ』への重ね掛け確認の為に使うけど。その後でも良さそうだ。

「にしても、初っ端から『怪力』7個に『迅速』9個か。えぐい量の注文だな」

「それだけ、スキルが欲しい人で溢れてるんですよ。そして、ショウタさんが期待されてるんです」

「頑張って、ショウタ君」

アキが頬にキスをしてくれる。こういう事は茹で上がらずにしてくれるんだよな。

「いってらっしゃい、ショウタさん」

マキも負けじと頬にキスをしてくれた。

女神からの期待だ。応えてやんないとな！

「それじゃ、前半戦行ってきますか！」

強引な同行者

「3日ぶりだな、『初心者ダンジョン』」

片方の腰には『御霊』、もう片方には『木霊』を装着し、ダンジョン入り口を進んでいく。

『二刀流』というスキルは、たとえ技能が無かったとしても、男の子にとってはロマンと憧れが詰まっているものだ。だから、たとえ武器を2本持っていたとしても、『二刀流』のスキルを有しているとは思われなかったりする。なぜなら、持っていなくともやってしまうのが男の子だからだ。

特にここは『初心者ダンジョン』。見栄っ張りは大勢いる。

俺の顔を知っている奴は、俺の事を弱いと思っているし、鎧を見て本物の『二刀流』使いなのではと警戒した者も、Fランクのバッジを見て憐れみとも思える視線を投げかけてくる。

こんな扱いでも嘲笑されないのは、誰もが経験があるからだろう。誰も、自らの黒歴史に塩を塗りたくる気は無いのだ。そして俺としても、スライム相手に『二刀流』を披露した過去がある。だから彼らの気持ちはわかるのだった。

「さてと」

まずは、横道に逸れる。別に彼らの視線が恥ずかしかったわけではない。

少し前から試したいと考えていた、とある実験をするためだ。

「まずは『鷹の目』。……うっ、視界最悪。ダメそうだな」

洞窟型の階層でも、障害物……壁の向こうのモンスターが感知出来るのかという実験。これは失敗。

視界は天井にへばりついた視点でしか見えないし、天井が凸凹していてまるで周囲が見渡せない。

普通に自分の目で見た方が早いだろう。

次に、ゴブリンだ。

「まずは、軽く50だな」

◇

「こんなもんだろう」

とりあえず、目についたゴブリンを倒す事10分。超強化された身体を駆使し、この短時間で54ものゴブリンを屠る事が出来た。本当に、すごい成長具合だ。まるで、自分の身体じゃないみたいだ。

それに、『二刀流』の便利さを改めて思い知った。

今までは、剣を持つ手の関係上、柄を握る手とは逆にモンスターが現れた場合、身体の向きを変えて無理な体勢で討伐していた。その為、せっかく『迅速』で加速しても、減速を強いられていたのだ。けれど、今は両手に武器がある。これなら、どこから敵が向かって来ようと、スピードを落とすことなく敵を倒せる。

あと、細かい事だが『二刀流』を持っていると、両利きになれるらしい。

まさに革命だな。

「さて、次は第二層だな」

階段を下りた俺は、そのまま『ホブゴブリン』の出現地点であるマップ右手前の隅へと向かう。

今日の第一優先目標は、四方で『ホブゴブリン』を撃破し、強化体が出現するかの確認だ。他にもいろいろあるが、これが何よりも優先される。同じやり方で強化体を湧かすことが出来たのならば、ヨウコさんの心配の種を、減らすことが出来るだろう。

そして俺は、再び『迅速Ⅱ』で加速し、残りの46体を狩り始めた。

◇

「これで……46！」

すれ違いざまに切られたゴブリンは、何が起きたのか分からず絶命し、その場に倒れる。そして緑色の煙となり、レアモンスターは出現しなかった。

俺の『運』があれば、確実に湧かせることの出来る『ホブゴブリン』が湧かなかったのだ。本来であればショックを受けるところだが、今回は違った。予想通りの結果だったからだ。むしろここで湧いたほうが衝撃を受けたかもしれない。

「やっぱりな……。階層を跨ぐと、カウントが別扱いになるのか。まあ、第一層と第二層で『ホブゴブリン』のレベルが違っていたから予想はしてたけど……。あとは、もし第一層と第二層で強化体のトロフィーが別扱いだった場合だけど……。検証は無理だろ。ダンジョン自体封鎖でもしないと試せんわ」

こういう事に、冒険者ランクは使えるんだろうか？　ちょっと権限の外側というか、そこまで万能ではないと思うんだけど……うーん。微妙だな。

「あら、出来ますわよ」

「え？」

不意打ちだった。

マップを見るも、周囲に白点はない。モンスターの赤点もない。自分の他には誰もいない。そう思っていたのに、突然声を掛けられたのだ。

声のした方へと振り向くと、空間を切り裂くように、彼女達は現れた。

先ほど喫茶店に置いてきたはずの、少女とメイドだった。

「こんにちはショウタ様。先ほどぶりですわね」

「な……」

なんで？

どうやって？

どこから？

様々な疑問が頭の中をよぎったが、不意に彼女達の言葉を思い出した。

『ショウタさん。これで安心はできません。彼女はしつこいんです』

『思い込んだら本人が納得するまで諦めないわよ。だから、なんとしてもステータスはバレないようにしてね。ショウタ君が弱いって嘘は、バレたらやばいから』

しつこく、あきらめが悪い。

まるでモンスターの事で検証をし続ける俺みたいだな。

「まったく、ショウタ様も酷い御方ですわ。自分が弱いだなんて嘘を吐くなんて。あんな高機動でゴブリンを狩って回れる冒険者が、弱い訳がありませんのに」

「……一体いつから?」

「そうですわね。『3日ぶりだな、『初心者ダンジョン』』からですわ」

「最初っからじゃないか……！」

どうやら、彼女達の懸念通り、俺は本当に、厄介な子に目を付けられたらしい。

今まで活躍してくれた『運』よ。本当にこれは良い事なのか？　幸運じゃなくて、悪運の方じゃないのか……？

「あ、そうでしたわ。ショウタ様、こちらを」

そう言って少女はメイドから鞄を受け取り、俺に見せてきた。

中に入っているのは……。

「『極小魔石』と、『鉄のナイフ』……？」

「はい。ショウタ様が討伐し、ドロップしたアイテムですわ。全てアイラが拾ってましたの」

ペコリとアイラさんが頭を下げる。

俺を追いかけながら、全部回収していたのか……？　いくら俺がモンスターを探しながらとは言え、全力で疾走してたんだけど……。

「これを、どうしろと？　欲しいならあげるけど」

「何を仰いますの。ショウタ様が討伐したアイテムなのですから、ショウタ様のものですわ」

「でも、これは速度を優先して拾っていられないから捨ててきたものであって、それを拾ったのは君のメイドさんだ。だから君のものだよ」

「なら、わたくしがこれをどうしようと、わたくしの勝手ですわね。ですから、ショウタ様に差し上げますわ」

「……頑固な子だな」

「ショウタ様こそ。欲が無さすぎですわ」

「欲なら、あるさ」

ぼそりと呟く。

ダンジョンの秘密を暴きたいっていう、誰にも負けない欲が。

「それで、なんでついてきたの？　君のお誘いは断ったと思うけど」

「わたくしには、魅力がありませんでしたか？」

「そういう話じゃない。彼女達を大事にしたいって事と、君の願いは俺では叶えられないって話だ」

「それなら問題ありませんわ。本当なら1番が良かったですけれど、わたくしなら、3番目でも許せる度量がありますもの。そしてショウタ様は、わたくしの見立て通り、やはり強い御方でしたわ。ですので問題ございませんの」

「問題しかないんだが……」

どう言えば諦めてくれるんだろうか。

アキもマキも、この子のことはよく知ってるみたいだし、対処に頭を抱えるほどの子なんだよね？　まともな解決策があれば教えてくれただろうし。うーん、諦めさせるなんて、俺にどうにか出来るのか？

「っていうか、俺、君の名前すら知らないんだけど」

「ま、まあ！　なんてことでしょう。これは失礼しましたわ。わたくし、あなた様との出会いに興奮してしまっていたようですの」

本当に名乗っていないことを忘れていたのか、慌てて姿勢を正した。

「改めまして、宝条院綾音《ほうじょういんあやね》と申しますの。気軽にアヤネとお呼びくださいませ、旦那様」

「旦那にランクアップした!?　……あのさ、アヤネさん」

「アヤネ、ですわ」

「……」

『直感』が、この問答は断る限り永久に続きそうだと告げている。

面倒だし、いいか。

「……アヤネ。さっきも言ったけど、俺は2人を大事にしたいから君の誘いには乗れない。それに俺は色々と人には言いたくない事があるんだ。だからついてこられると困る」

「まあまあまあ！　本当にあの人達を愛していらっしゃるのですわね。私の名を聞いても欲に目が眩まないところも、素敵ですわ。ますます欲しくなりましたの」

というと、彼女もどこかの御令嬢なのか。

宝条院……。はて、どこかで……。

「それと、秘密事に関してはご安心下さいませ。わたくしもアイラも、とーっても口が堅いんですのよ。だから心配いりませんわ！」

「いやだから……。はぁ、分かった。回りくどい言い方だと通じないようだから、ハッキリ言おう。俺は君たちを信用出来ない。それに連れて歩くメリットもない。だから今、どんな言葉を告げられようと、無意味だ」

出会いのイメージが最悪だったし、更には感知できない方法で付け回されていたら、そうなる。

「むぅ……。では旦那様、挽回の機会を卜さいまし。アイラ、妨害を解除しなさい」

「承知致しました」

「えっ？」

「ついでに自己紹介なさい。この方は、今からあなたの主人ですわ」

アイラさんから感じていた威圧感が、アヤネがそう告げた瞬間、完全に消えた。

まさか、アヤネの言葉だけで感情を入れ替えたのか？　しかし、威圧感も鋭い目つきもなくなったけど、それでも無表情なのは変わらないな。折角の美人さんなのに、ちょっと勿体ないと思わなくもない。

「……こほん。犬柴愛良《いぬしばあいら》と申します。気軽にアイラとお呼びください。私はお嬢様の忠実な下僕であり、今この時を以ってあなた様の下僕となりました。なんなりとご命令を、ご主人様」

「ご、ご主人様⁉　……なら、その子を連れて帰ってくれないか」

「お断りします」

「……」

俺のメイドだってのに、言う事聞かないじゃん。

「ふふ。アイラはわたくしの忠実なメイドですの。旦那様のお世話はしますが、命令権はわたくしが優先されますわ。さ、旦那様。わたくしも妨害を解除いたしましたわ。これがわたくし達の覚悟ですの。ステータスを『鑑定』でご覧になってくださいな」

「……」

言葉では信用させられないなら、ステータスをフルオープンにするだって？　本気か？

いや……本気なんだろうな。アイラは俺よりも強い。やろうと思えば、実力で俺をねじ伏せる事も可能だろう。けどそうやって無理やり首を縦に振らせる真似はせずに、信頼を取りにきた。

……本当に、俺に全ての情報を開示するつもりなのか。

「ほら、ご覧になってくださいまし。それとも、大事な秘部を晒したわたくし達を放置して、そのまま眺めるのがお好みですの？」

「ちょ、言い方！」

……そこまでの覚悟を見せられたら、こっちもそれに応えて見てあげなきゃ、悪い気がしてきたな。

「『鑑定』」

＊＊＊＊

名前：宝条院　綾音
レベル：46
腕力：50
器用：98
頑丈：50
俊敏：97
魔力：325
知力：415
運：10
装備：宝石のステッキ、ハイパープロテクター内蔵・新式オートクチュール
スキル：鑑定Lv3、鑑定妨害Lv3、炎魔法Lv3、風魔法Lv2、回復魔法Lv2、魔道の叡智

＊＊＊＊＊

アヤネのステータスは、レベルの割に知力と魔力の数値がえぐいことになっているな。そして『回復魔法』だって？　あるという話は耳にしたことがあるけど、とんでもなく貴重なものだったはずだ。なんでも、俺が保険で持ち歩いてるような回復用のポーション……通称『回復剤』とは、比較にならない効果なのだとか。

第一層の封鎖が出来ると言ってのけたり、こんなメイドさんを連れまわしたり、ただものでは無いとは思っていたけど……。

＊＊＊＊＊

名前：犬柴　愛良
レベル：１６９
腕力：１０１７
器用：１０１８
頑丈：６８０
俊敏：１３５４
魔力：３４２
知力：３４５

運：6
装備：パラゾニウム、ライフスティール、カスタマイズハイパープロテクター（戦場のメイド仕様）
スキル：鑑定Lv4、鑑定妨害Lv4、身体強化Lv7、隠形、気配遮断Lv5、剛力、怪力、俊足、迅速、鉄壁、城壁、予知、二刀流、剣術Lv4、暗殺術Lv3、投擲Lv8

＊＊＊＊

「すっげ……」

そしてアイラ。彼女は別格だ。レベルもそうだけど全体的にやばい。

こんなステータス、中堅どころか上位冒険者だろう。4桁ステータスなんてデータベースでも見たことないぞ。ここまでの強さを持っているのなら、調べれば出てくるくらいには有名な人なのかもしれない。

「ちなみに、わたくしの1レベルごとの成長率ですが、魔力3の知力が5。『SP』は8ですので、両方に半分ずつ割り振っていますわ」

「私は腕力から俊敏まで等しく4上昇します。『SP』はお嬢様と同じく8ですので、腕力と器用に2ずつ、俊敏に4割り振っております」

これが本当の、真っ当に成長できる人達の中でも、成長率が高い者だけが通れる強さか……。

全部の成長値が1、『SP』がたったの2の俺には、眩しく見える。

本当に……。本当に、羨ましいよ。

「旦那様、わたくし達の覚悟、受け取っていただけました？」

「……ああ」

「わたくしの事も、信じていただけました？」

「まあ、ある程度は」

「では結婚しましょう！」

「それとこれとは話が違うでしょ」

「ガーンですわ！」

『知力』は、いくらあげても生来のお馬鹿さは直せないなんて仮説があったけど、あながち間違いなさそうだなぁ……。

「ひどいですわ、旦那様。乙女の秘密を赤裸々に覗いておいて、このような仕打ち……。もうお嫁に行けませんわ」

「そっちから見せてきたんじゃん……。あと、責任は取らないし貰わないからね？」

「あんまりですわぁ……」

今度はメソメソし出した。ウソ泣きというより、本気でちょっとダメージを受けてるように見える。

なんだか可哀想な気がしないでもないけど、ここで彼女の存在を認めたら、2人に不誠実だろう。

それに、こんなにダメージを受けても、一向に諦める気配が感じられない。手強《てごわ》い子だな。

「……で、君達を連れ歩いたとして、俺にはどんなメリットがある訳？」

「それは私が説明いたしましょう」

アイラが前に出る。

彼女も不思議な人なんだよな。あんなに強いのに、こんなヘンテコお嬢様のメイドをしてるんだから。

「まずは魔法面。お嬢様であれば魔法攻撃と回復魔法の両面からご主人様のサポートが出来ます。また、魔法の知識は豊富ですので、そういったモンスターと対峙する機会があれば的確な説明が可能です」

「……まあ、不意の怪我が治せるのなら、ありがたいけど」

「お任せくださいですわ！」

「次に私ですが、アイテム回収と近接戦闘のサポートが可能です。噂では、ご主人様は魔石の持ち帰り数において、右に出る者はいないのだとか。ですがスキルオーブやレアモンスターとの戦いに比重が傾いた結果、最近ではまるで持ち帰れていないと聞いています。その点、私がいれば解決可能です」

どこからそんな細かい情報を得てるのか不思議でならないが、俺が捨てていくアイテムの数は、生半可な数ではない。確かに俺の全力狩りに対して、すべて回収した上ですぐ後ろについてこられる脚力は凄いのだろうが、今彼女が集めてくれたドロップはいつもの日課の中で、ほんの少しでしかないのだ。

あんな小さい鞄では、すぐにいっぱいに……。

「ん？」

アイラが持ってるあの鞄、魔石や鉄のナイフが100個ほど入ってる割には、随分と小さいな。

「はい。こちらの鞄は『異次元の手提げ鞄』と言いまして、鞄の中で異空間が広がっております。その為、見た目からは想像がつかないほど、大量のアイテムが持ち運びできるのです」

「……なるほど。たしかにそれは、ついてくることにメリットはあるのかもな」

でも、そこまでアイテムを持ち帰りたい訳でも無いんだが……。

「それと、魔石を持ち帰る事が出来れば、協会内での専属の評価が上がります」

「む」

それを言われると……。悩ましいな。

「また、ご主人様の冒険者ランクを上昇させるにも、魔石の納品は必須です。冒険者ランクが上がれば、お嬢様の力を借りずとも、第一層の一時的な封鎖も可能かと」

「……ふーむ」

アイラは俺が欲しいものを的確に突いてくる。彼女達の誘いを蹴るのは簡単だが、俺にもメリットはあるし、蹴ったところで諦めるとも思えない。

「……はぁ。ここで断っても、アヤネはどうあってもついてくるんでしょ？」

「勿論ですわ！」

諦めない子だなぁ。俺としては、こうして立ち話をしてるだけでも時間の無駄なような気がしてならない。もう会話を切り上げて、さっさと検証を再開したいというのが本音だ。

彼女達を引き摺ってアキとマキのところに連れていって、迷惑行為として協会に相談する事も可能だけれど……。ステータスを全部見せるなんて真似、普通は出来ないよな。『鑑定妨害』を持ってるってことは、基本的に知られたくない情報な訳だし。

そもそもそんな事をしている時間が勿体ない。なら、ここは俺が折れるべきだろう。

何をしているか詳細は教えないし、『レベルガチャ』も目の前では使わない。経験値もアイテムも、全部俺が貰う。

彼女達は、観客だと思えばいい。

「じゃあ、仕方が無いからついてきていいよ」

「本当ですの⁉　やりましたわ！」

「その代わり、俺の言う事はちゃんと聞く事。いいね？」

「は、はいですわ。初めてはお家のベッドが良かったですが、旦那様がご所望とあらば、たとえ人気のない林の中でも……」

「……置いてくよ」

「じょ、冗談ですわ！」

なんだか賑やかになってしまったけど、とりあえずゴブリン狩りの続きをするか。

「ご主人様、ドロップアイテムは引き続き私が回収いたします。ですので、狩りに集中していただいて構いません」

「じゃあ、お願いしようかな」

「アイラは優秀ですのよ！」

そう言ってアヤネがアイラに飛びついた。アイラはアヤネを大事そうに抱えているし、一向に離れる気配が無い。

「……？　何してんの？」

「旦那様、アイラに抱きつきたいのでしたら、代わりますわよ」

「いや、そうじゃなくて。もしかしてそのまま移動するの？」

「当然ですわ。だってわたくし、お2人に比べて足が遅いんですもの。旦那様の全力について行けませんわ」

「それはわかるけど……」

「ご主人様、ご心配なく。私はこの状態でも仕事をこなせますので」

そう言えば、2人が現れた時もアヤネは抱えられていたような……。

じゃあ、アイラは主人を抱えたまま俺を追いかけ、アイテムを回収していたのか？　しかも、姿を隠しながら？　……どれだけ優秀なんだ、このメイド。

「じゃ、狩りを再開するよ」

「承知しました」

「頑張ってください、旦那様！」

いまいち気分が盛り上がらないが、とにかくやってみるか。

◇

「これで……終わりっ！」

100匹目。正確には、中断してから新たに54匹を倒した。

すると、ゴブリンの死体から溢れ出た煙が、意思を持ったように動き出す。ああ、やっぱり素直に湧いてくれると気が楽だよなぁ……。あ、そういえば。

「2人はこれ、見えてる？」

「なんですの？」

「例の発生現象の事でしょうか」

「これが……⁇　ううん、薄っすらとしか見えませんわ！」

「申し訳ありません。私も、はっきりとは見えかねます」

「なるほど」

レベルも基礎ステータスも関係なしと。やっぱり、『運』が10以下だとほぼ見えないのか。

そのまま何も言わずに追いかけると、いつものようにマップの角へと到着した。

その煙はどんどん膨れ上がり、中身のモンスターの形状へと変わっていく。

「だ、旦那様。失望させてしまいましたか？」

「え、なんで？」

「だって、旦那様の仰る現象が、見えなかったものですから……」

「いやいや、俺はそんな事では怒らないよ」

煙から『ホブゴブリン』が現れ、大きく叫ぶ。

『グオオオ！』

「うるさい」

出オチさせるのにも慣れたもので、前回よりもあっさりと首を落とすことに成功した。

うん、スキルなしでも一撃で倒せるほどのステータスになったか。


【レベルアップ】

【レベルが8から17に上昇しました】


約150匹倒したことで、レベルが6から8に上昇していたんだが、9も上がってくれたか。

その結果に満足しつつ、煙が噴き出したのを確認。俺はすぐさまタイマーを起動した。

「鮮やかですわ。流石旦那様」

「見事な腕前です」

2人から拍手が送られる。

なんだかちょっとむず痒い。

でも、アキやマキに応援されている時と違って、そこまでテンションは上がらなかった。ううん、
モヤモヤする。そうして、俺が何も言わずに煙を見ているので、2人もそれに倣って黙って待って

くれた。

そしてタイマーの7分が近付いてきた頃、急に湧き出ていた煙が膨張を始めた。

「!?」

煙から距離を置き、武器を構える。

「旦那様?」

「次が来る。下がってろ」

「え?」

「お嬢様、失礼します」

アイラはアヤネを抱えて一瞬で距離を置いた。何だ今の、移動の出だしが見えなかったぞ!?

『身体強化』は俺の方が上なのに、4桁ステータスに加えて彼女の技量をまざまざと見せつけられた気分だ。彼女は、俺と比べるまでもない、遥か高みにいるんだろう。

負けたくないな。

「……」

『グギャ?』

ソレは、ゆっくりと煙から出てきた。

体格はゴブリンと『ホブゴブリン』の中間といったところか。だが、そのどちらとも類似していない。

まず装備だが、手には長剣。全身を鉄のフルプレートに覆われており、隙間がほとんどない。まるで中世の騎士といった風貌だが、若干前屈《まえかが》みになっている姿勢の悪さは、ゴブリンそのものだ。

そして内包する圧力だが、明らかに『黄金蟲』と同等、もしくはそれ以上だ。

奴はこちらを吟味するように、兜の奥から鋭い視線を投げかけている。


「『鑑定』」

＊＊＊＊＊
名前：ジェネラルゴブリン
レベル：２５
腕力：２５０
器用：２２０
頑丈：２５０
俊敏：１８０
魔力：３００
知力：１００
運：なし
装備：魔鉄の長剣、魔鉄の全身鎧

スキル：怪力Ⅱ、統率
ドロップ：ランダムな魔鉄装備
魔石：大
＊＊＊＊

「急に強くなりすぎだろッ！」

このゴブリン、フルアーマー仕様の鉄装備に見えたが、『鑑定』の結果では『魔鉄』というものらしい。確かに普通の鉄と違って光沢があるように見える。

……これは硬そうだな。

『ググゲ！　ググゲゲゲ!!』

『ジェネラルゴブリン』は、俺から視線を外し、何かを見つけたように高笑いを始めた。

その視線の先にいるのは、俺の後方。後ろに下がったアヤネとアイラだ。……いや、明らかにアヤネに対して醜悪な目で見つめていた。

対峙している俺など眼中にないといった様子に、言葉に出来ない不快感があった。

「あ？　おい、お前……」

『グゲッ！』

まさかとは思ったが、奴は本当に、俺を無視してアヤネ目掛けて走り出した。意表を突かれた俺は、対処が遅れる。

追いかける為、振り向きざまにスキルを起動した。

「『怪力Ⅱ』『迅速Ⅱ』！　待ちやがれ！」

加速状態から身体を回転し、『御霊』と『木霊』で勢いよく横殴りする。


『ギィン!!』


『グギァ!?』

「ちっ、ほんっとに硬いな」

『ジェネラルゴブリン』は不意の一撃を回避しきれず、ゴム鞠のように飛び跳ねて転がっていった。

いつもならこれだけで相手の鎧を損傷させられるのだが、『魔鉄』は想像以上に硬かった。こっちとしては一刀両断にしてやるつもりだったんだがな。

こいつはアヤネを見ていた。アヤネが弱いと判断し、真っ先に襲いに行ったんだろう。そういう習性なのかは知らないが、俺はその事実に、無性に怒りが湧いた。

奴が起き上がる前に、俺は一気に距離を詰める。

「『金剛力Ⅱ』」

『ドガッ！』

『ゲヒィッ』

両手の武器を力いっぱい叩きつける。

『バキッ！　ガギィン！』

『グゲッ⁉　グギャッ⁉』

斬撃が通らない？　だからなんだ。

こいつは弱い者を狙った。何をしでかすか分からない以上、起き上がらせてはならない。ここで決めてやる。

俺は反撃する隙を与えず、ひたすらに畳みかけた。

何度も何度も何度も何度も。

『グゲ、グッ……』

いくら防具の能力が高くとも、スキルで圧倒的に増幅された『腕力』による衝撃は、鎧の内側へと浸透する。叩けば叩くほど、奴の身体から力が抜けていく。そして抵抗が少なくなったところに、兜を引っぺがし、脳天に『御霊』を突き立てた。

じわりと、奴の身体から煙が溢れ出す。

そうしたら、後は早かった。奴の身体は、煙もろともすぐさま霧散した。

【レベルアップ】
【レベルが18から41に上昇しました】

『黄金蟲』の強化体ほどではないにしろ、高レベルのレアモンスターなだけあって、しっかり41にまで上がってくれたようだ。今日からは『ホブゴブリン』『ジェネラルゴブリン』の流れで楽に……と、言いたいところだが、今は4カ所殲滅後の『ホブゴブリン』の強化体出現確認を最優先にしたい。

けど、もしもこのまますべての箇所で『ジェネラルゴブリン』が出現してしまった場合、5体目の『ホブゴブリン』の強化体の後に、更に奴の強化体と遭遇するかもしれないのか？

可能性は、限りなく低いはずだが……。ちょっと考えてみよう。

まず今回、無傷で討伐できたのは、奴がアヤネを狙って隙を晒してくれたこと。そこから馬乗りの体勢で、スキルをフル活用して相手をサンドバッグにすることで、なんとか勝てたにすぎない。

正面から正々堂々と戦うには、相手の鎧が、あまりにも硬すぎる。

そんな相手を更にパワーアップさせた強化体に、同じ手が通用するとは思えない。

なんせ、『黄金蟲』の時ですら、全ステータス１・５倍に加え、『限界突破』のスキルによるパワーアップがあったのだ。『ジェネラルゴブリン』は『黄金蟲』と全く同数値の『腕力』と『頑丈』を持ち合わせている。強化体となった際のパワーアップが同じ倍率だった場合、そんな奴に、２４

0の『俊敏』がついてくるのだ。

縦横無尽に駆け巡る『黄金蟲（強化体）』を想像したが、勝てる気が全くしない。寒気しかしないぞ……。

今は避けるべき相手だろう。もし連続で『ジェネラルゴブリン』が出てくるようなら、撤退も視野に入れるべきだな。

戦うなら、『魔鉄』が相手でも問題なく戦える武器を新調するべきか。

そして2つ目の発見。

今日の『ジェネラルゴブリン』。そして昨日の『黄金蟲（強化体）』。そのどちらもが、討伐後すぐに煙もろとも霧散した点だ。これはすなわち、この後に追加のレアモンスターは控えていないという証明だろう。なので、『ホブゴブリン』の強化体も同じように霧散するのなら、『ジェネラルゴブリン』の強化体は現れないという証明になる。

そこはまあ、試してみるしかないよな。

そして霧散しない上で、まだ先を見ていないレアモンスターは2匹。『マーダーラビット』と『黄金蟲』だ。こいつらは、『運』を上げれば次が現れるという事に他ならない。

……そういえば『虹色スライム』はどうだっただろうか？　あの時は興奮しすぎて、煙がどうなったのか見ていなかったな……。

それはともかく、『マーダーラビット』は『ホブゴブリン』と同じ感じで出現していたし、今の俺でもその次を出せる可能性はある。気にはなるが、やはりこれも後回しにしよう。

そして『黄金蟲』に関しては問題がある。普通の『黄金蟲』ですら確実に湧かせられないのだ。今の状態では次の顔を拝むのは、きっと難しいだろうな。

けど、湧くとしたらどうなるんだろうか。……孵化でもするのかな？

「旦那様！」

先々の事を考え、思いに耽っていると、後ろからアヤネが飛びついてきた。肩越しに良い匂いがする。

「アヤネ？」

「旦那様が、先ほどわたくしが襲われた事に、怒ってくださいましたの。それがとっても嬉しかったですわ!!」

「あっ。あれは、……俺を無視してそっちに行ったのがムカついたというか、なんというか……。ううん、うまく言語化出来ない」

「つまりわたくしはもう、旦那様の女として見られているのですわね！」

「え、いや、違うよ？　違うからね？」

アヤネはうっとりしていて、俺の言葉が届いてるように見えない。

「……アイラ」

「はい、ご主人様」

「これ、引っぺがして」

「畏まりました」

「キャーですわ！」

アヤネが大袈裟なリアクションと共に剥がされた。冗談で言ったんだけど、アイラもなんで俺の言う事聞くんだよ。さっきは聞いてくれなかったのに。

うんまあ、面倒だし考えるのはやめだ。今は目の前のアイテムを見よう。

ドロップは……。
1：『鋼鉄の大剣』
2：『魔鉄のチェストプレート』
3：『中魔石』
4：『大魔石』
5：『スキル：怪力』
6：『スキル：怪力Ⅱ』
7：『スキル：統率』

ふむ……。

まさか、『怪力Ⅱ』が単独で落ちるなんてな。ということはつまり……。

いや、試してみないとな。無駄になるかどうかも含めて。

「『怪力』を使用」

『怪力』のスキルオーブは消失した。さて……。

＊＊＊＊

名前：天地　翔太
年齢：２１
レベル：４１
腕力：３７５（＋３３１）
器用：３３１（＋２８７）
頑丈：４４１（＋３９７）
俊敏：３８０（＋３３６）
魔力：３４４（＋３０２）
知力：３１３（＋２７１）
運：８０２

スキル：レベルガチャ、鑑定Ｌｖ５、鑑定妨害Ｌｖ５、自動マッピング（１／３）、鷹の目、金剛外装Ⅱ、身体超強化Ｌｖ１、怪力Ⅱ、金剛力Ⅱ、迅速Ⅱ、金剛壁Ⅱ、予知（１／３）、二刀流、

体術Ｌｖ１、剣術Ｌｖ１、投擲Ｌｖ３、元素魔法Ｌｖ１、魔力回復Ｌｖ２、魔力譲渡、スキル圧縮
トロフィー：黄金蟲
＊＊＊＊

変化なし……。

つまり、完全に無駄になったらしい。

「これは……金剛シリーズで試さなくてよかったな」

本当に。

『怪力』とは明らかに価値が違い過ぎる。

なら次に試すべきは。

「『怪力Ⅱ』を使用」

『怪力Ⅱ』のスキルオーブは消失した。これなら……。

＊＊＊＊
名前：天地　翔太
年齢：２１
レベル：４１

腕力：375（+331）
器用：331（+287）
頑丈：441（+397）
俊敏：380（+336）
魔力：344（+302）
知力：313（+271）
運：802

スキル：レベルガチャ、鑑定Lv5、鑑定妨害Lv5、自動マッピング（1／3）、鷹の目、金剛外装Ⅱ、身体超強化Lv1、怪力Ⅱ（1／3）、金剛力Ⅱ、迅速Ⅱ、金剛壁Ⅱ、予知（1／3）、二刀流、体術Lv1、剣術Lv1、投擲Lv3、元素魔法Lv1、魔力回復Lv2、魔力譲渡、スキル圧縮

トロフィー：黄金蟲

＊＊＊＊＊

「よし！」

この発見は大きい。Lv表記の無いものは、名前も数字も同じものでないとレベルアップしない

のだ。

これで『Ⅲ』になった時、効果が微々たる量しか変化していなかったら、絶望ものだな。

っていうか、それなら最初から無印ではなく『Ⅱ』とか数値のついてるものを覚えた方が早いって話になるんだが……。そもそもその存在を協会側が認知していなかった以上、かなり珍しいアイテムであることに間違いはないか。

でも、覚えてすらいない者が『Ⅱ』なんかの数値付きを取得しようとしたらどうなるかも、気になるな。そもそも存在を知られていなかったのだから、この領域は前人未踏だろう。

……つまり、俺が一番乗りか。楽しくなってきたな。

それを思うと、『ジェネラルゴブリン』を乱獲したい気になってきたぞ。でも強化体になられると困るんだよな……。

「それじゃ最後に……『統率』か。検索検索」

『常時発動型のスキル。所持者がチームメンバーと認識している者達のステータスが1割上昇する。最大人数5人。末端価格5億』

なんかもう、最近、億が当たり前の世界に突入してきてない？

いや、すごい優秀なスキルなのはわかるけどさ。

「当然、使用する」

これもそのうち、『Ⅱ』にしちゃうか。いやでも、実質無意味なスキルになるだろうな。チームメンバーなんて俺には居ないし……。

そう考えたところで、ふと、背後にいる2人の事を考える。

ここまで無償で俺に尽くしてくれてる彼女達を、いつまでもおざなりに対応し続けるのは気が引けるんだよな。面倒だったのと、何よりも優先したい事があったから放っておいたんだが、気になって戦いにもあまり集中できないし。

でも、あの2人と付き合って間もないのに、他の子に気を許してチームとして招き入れるのも、何だかなぁ……。

ああでも、単純に彼女達にも『統率』を覚えさせたら、俺も強くなったり、効果が重複して20%になるのかは気になるな。

「……ああ、だめだ」

俺は今、彼女達を仲間にする理由を探してしまっている。やばいな。チームに対する憧れからか、降って湧いたこのチャンスを手にするべきではないかと、本気で悩んでいるみたいだ。

アイラが言ってくれたように、彼女達を迎え入れるメリットは確かに大きなものだ。今の俺にはないものだし、この先も俺が手に入れられるとは思えない。

「ふぅー……」

よし、困った時は彼女達に相談だ！

ひとまず、簡単だけど検証は出来たし、探索意欲も軽くだが満足できた。

まだ昼には早いけど、ここで午前の部は終了！　撤退！

「いったん帰る。アキとマキに報告に行くから、ついてきて」

「はいですわ!!」
「承知いたしました」

◇

俺は『迅速Ⅱ』を使い、全力でダンジョンを駆け抜け、協会へと戻ってきた。時刻はまだ昼前という事もあり、協会内に冒険者の姿は少ない。

いつも行列の出来ている7列の査定用カウンターは、閑散とした様子で受付嬢たちは皆暇を持て余しているようだ。ここに来てまだ1週間も経っていないが、俺はアキとマキの専属という事もあって、彼女達からは顔も名前も知られている。

なので業務中の人達以外は皆笑顔で手を振ってくれた。少し精神的に疲れていたので、これはちょっと嬉しい。

でも俺としては、本命に癒されたいという事もあって、彼女達へは軽く会釈で済ませ、足早に専属窓口へと向かった。

そこでは、いつものようにハナさんが座っていて、隣には支部長の姿があった。何か打ち合わせをしてるんだろうか。でもまあ、丁度良かった。報告の内容的にも、支部長には連絡を入れたほうが良いだろう。

「支部長、ハナさん」
「アマチ君？　随分早いのね。あの子達なら……って」

「あらあら、モテモテねぇ〜」

2人の視線が俺の後ろに注がれた。やっぱり支部長も知り合いだったか。

「そういうことなんで、2人を呼んでもらえますか。それとは別件で支部長に報告もあるので同席してもらえると助かります」

「わかったわ。いつもの部屋に行きましょう」

「いってらっしゃ〜い」

ハナさんに見送られながら、マキ用の会議室へと向かった。

◇

部屋で待機をしていると、数分もしないうちにアキとマキが飛び込んできた。

「アキ、マキ」

2人が何かを言う前に、こちらから2人まとめて抱きしめる。

「「ふぇ!?」」

ああ、なんか安心する。

「まあ、見せつけますわね」

「あっ。あんたは！」

「ア、アヤネちゃん……」

アヤネを見つけた2人は、アヤネに対抗するように俺を抱きしめ返してくれた。これもまた嬉しい。マキはちょっとムッとしているし、アキはネコ科の動物みたいに威嚇している。どうどう。

「ありがと、落ち着いた」

そう言って離れようとするも、今度は彼女達が放してくれず、仕方がないのでそのまま席に着いた。両隣は姉妹が陣取り、正面にアヤネとアイラ。上座に支部長といった構図だ。

「まずは支部長に報告が」

「その前に、1つ良いかしら」

「なんでしょうか」

「彼女達はいつ、アマチ君と合流したのかしら」

「ダンジョンに入った瞬間から付け回されて、第二層で一息ついた時に声を掛けられました」

そう告げると、支部長は盛大にため息を吐いた。

「なら、どうしてその時に報告しに戻ってこなかったの？　そんな時は迷惑行為として協会に報告しても良いのよ？」

「え？　いや、付け回されるのは何度も経験があるので、よくある事なのかと。それに、そんな事よりも検証がしたかったので、まあいいかなと。ただ、それでも彼女達は諦めずについてくるし、この状態がずっと続くのは2人に対して悪いかなーと思い始めて。それもあって気が削がれてきたので、区切りが良いタイミングで戻ってきたんですよ」

「……」

支部長は俺の回答に唖然としていた。

俺、なんか変なこと言ったかな？

「お母さん、ショウタ君はこういう人なの」

「デートよりも、狩りを優先しちゃう人ですから」

「あ……。あの件は、その……」

思い出すとちょっと申し訳なくなる。

でも、同じ場面が来たら、俺はきっと同じことをするだろうな。

「ふふ、気にしていませんよ。ダンジョンの事を考えるショウタさんの事が、その……好き、ですから」

「あたしも！　す、す……好き！」

「はは、ありがとう、２人とも」

「はぁ……あなた達がそれで良いなら良いわ。マキ、以前にもあったという話だけど？」

「先日の件でしたら、ショウタさんが必要ないと仰ってたので、口頭注意だけに留めておきました」

「そう。それじゃ、アマチ君、報告をお願い」

何を言おうとしてたんだっけ？

えーっと。……ああ！

「『ホブゴブリン』撃破後、懸念していた事象に遭遇しました。次のレアモンスターが出現したんです」

「……なんですって？」

「名前は『ジェネラルゴブリン』。ステータスはこんな感じです」

端末にメモしていた内容を全員に見せる。他の報告についてはアヤネがいるので躊躇われたが、支部長曰く彼女達は全て把握しているらしい。支部長の許可も下りたので、煙に関する報告と、重ね掛けの件も報告した。

「了解したわ。とにかく、今後は『怪力Ⅱ』と『統率』をオークションに出せる可能性があるという事ね。ちなみに、娘達からはもう『お願い』の詳細は聞いていると思うけど、1度もオークションに出していないものは、取得や出品を優先した方が良いわ。未知のスキルが出たときの為にも、まずは値段を決める必要があるもの」

なるほど。それもそうか。

「ショウタ君の検証が上手くいって『怪力Ⅲ』になったら、また結果を教えてね。報酬ははずむわ」

「任せてください」

俺の返事に支部長は頷いて席を立った。

「それじゃ、私は戻るわ。あとはあなた達で解決なさい」

「え？　止めないんですか？」

「アマチ君とは短い付き合いだけど、誓った事を破る人だとは思わないわ。だから、大事な検証を中断してまで戻ってきてくれたんでしょう？　そんな君が、誓いを踏まえた上で下す判断なら、私からは異論はないの。あと、3人ならBランク。4人ならAランク必要だから。なにが、とは言わなくてもわかるわね？」

そう言って支部長は部屋から出て行った。

つまり、２人の幸せを最優先にするなら、それ以上は干渉しないということか。

支部長が出て行った会議室は、静まり返っていた。

アヤネはニコニコしてるし、アイラは会話に参加する気がないのか目を閉じている。アキはぶすっとしているし、マキは……こっちを見ていた。

「ショウタさんは、どうされたいですか？」

「ごめん。俺は、どうすればいいかわかんなくてさ。２人に相談したかったんだ。突き放しても軽く受け流されるし、こんなに積極的な子は初めてだし、２人の知り合いみたいだから無視するわけにもいかないし……」

「わかりました。では……ショウタさん、正直に答えてください」

そう言ってマキが、俺の手を握った。

「彼女達の事は、嫌いですか？」

「……いや、嫌いではないよ。アヤネのへこたれないところは好感が持てるし、アイラの強さは努力の証しだ。俺以上に頑張ってきたんだろうし、素直に尊敬してる」

「では、好きですか？」

「それはちょっと、わからない」

「では、彼女達が同行することに、デメリットはありますか？」

「……隠したい事を見せたくない。今のところアキにもマキにも教えていない事だから。もし伝えるなら君たちを第一に優先したい」

そう言うと、彼女は笑みを深くし、後ろからアキがしな垂れかかってくる。

「それと、経験値が減るのは困る」

「では、メリットはありますか？」

「……まず、アイラの隠密能力と移動能力が凄まじい。俺の全力狩りに平気で付いてきて、アヤネを抱えながら素材を全部回収してみせた。『異次元の手提げ鞄』の事も教えてくれたし、2人が以前言っていたように、運び屋《ポーター》としての能力で見れば、彼女は最優良物件だろう。あとアヤネの『回復魔法』かな。俺は今のところ怪我らしい怪我は負ってないけど、それはこの3年間で1度も無いんだ。だから、重傷を負った時にとっさの判断が鈍る可能性が大いにある。もしもの時に、正確に『回復剤』が使えるか怪しいんだ。『回復魔法』の効能は知らないけど、それがあれば、俺の生存能力は上がると思う」

「そうですね、どちらも大事なことです」

「あと、2人に『統率』を覚えさせたら、俺のステータスも上がるんじゃないかと気にはなってる。そんな感じかな」

「……はい。ありがとうございました。ショウタさんの気持ちはよくわかりました」

「ん」

不思議だな。

マキに手を握られていると、心の内がスラスラと出てくる。彼女相手だと、心から安心して委ねてしまえている。

「では私から見たメリットとデメリットを伝えます。メリットは、ショウタさんの言う通り、あなたの安全面が向上します。咄嗟に怪我をした際、治療してもらう際にはアイラさんは優秀な壁になってくださるでしょう。そしてアヤネちゃんの『回復魔法』は『回復剤』の比ではありません。文字通り、一瞬で治療出来ます」

「そうなんだ」

「それと、アイラさんの『異次元の手提げ鞄』は、ショウタさんが思うよりも、レアなアイテムです。世界に数個しかないくらいには」

「そ、そんなに⁉」

「はい。鞄には『空間拡張』という未知の技術が付与されていて、中に詰め込める量は個体差があるそうです。そしてアイラさんの持つ鞄であれば、この部屋の広さくらいの容量があるみたいです。上級ダンジョンの宝箱から、本当に稀に排出されるほど貴重なもので、その価値は計り知れません」

「うわ……。なら彼女は本当に」

「はい。アイラさん以上の運び屋は存在しません」

なるほど。護衛としても運び屋としても最上位と。

「次にデメリットですが……。アヤネちゃんは、まだショウタさんと結婚したいのよね？」

「そうですわ！　最初は、まだフリーだと思ってましたの。でも、もう先輩達が先にお付き合いされている上愛し合っているのでしたら、正妻の座は譲りますわ。だから、3番目で構いませんわ！」

「そこに愛はある？」

「最初はその、打算しかありませんでしたわ。わたくしの夢の為に、一番必要になるのは旦那様しかいないって。けど、今日のダンジョンで、旦那様はよく知りもしないわたくしを、見返りを求めず全力で守ってくださいましたの。今まで出会ってきた殿方とは、あまりにも違い過ぎましたわ。それからもう、旦那様にメロメロですわ！」

あー、『ジェネラルゴブリン』の話か。

「……はぁ。愛も無しにというのなら撥ね除けてましたけど、本気で好かれてしまったんですね」

「ご、ごめん……？」

「謝らないでください。ショウタさんは見ず知らずの人がピンチでも、きっと助けてくれるでしょうから。ですが、本気になった彼女は、言い出したら聞きません。なので、彼女に関しては私達からは何も言えません。ショウタさんの判断に従います。好きになるようでしたら迎えてあげてくださ い。嫌いになるようでしたら、きちんとそう伝えてあげてください。嫌われたのなら、彼女はしっかり身を引いてくれるでしょうから」

マキはアヤネを見てそう言った。

「嫌われるのは悲しいですわ。でも、嫌われたまま迫ることはありませんの。その時は大人しく引き下がりますわ……」

「マキは、それでいいの？」

「はい。冒険をしていく中で、彼女達の力が必要になるでしょう。恋人が１人増える事で、ショウタさんの安全が買えるのなら……安いものです。私と姉さんを大事にしてくださるのであれば、私は大丈夫ですから」

「マキ……」

そこまで、俺の事を第一に、想ってくれているのか。

……決めた。

「姉さんは何かありますか？」

「あたし、この子苦手なのよねー」

「……姉さんと違って、積極的だもんね」

「そ、そうよ。……でも、苦手だけど嫌いじゃないわ。ショウタ君があたし達を立ててくれるなら、構わない。けど、全員よく聞きなさい。マキを泣かせたら許さないから！」

「肝に銘じますわ！」

アキは相変わらず、マキを最優先だな。

「あと、あんまり放置されると、泣いちゃうからね」

「ああ、わかってる」

アキの頭を撫でる。

こんなにも俺の事を理解して、俺の為に行動してくれて、信頼もしてくれてる彼女達だ。

アキにも、伝えよう。

彼女達の誠意に応えて、2人には『レベルガチャ』の事を話そう。

書き下ろし番外編

二世の事情

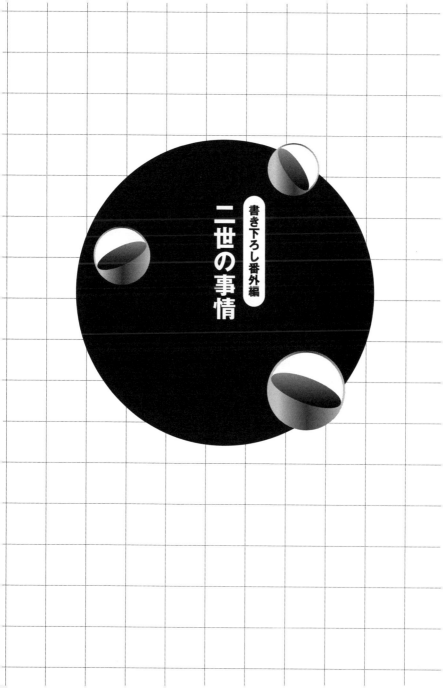

学校の先生。それは私の子供の頃からの夢だった。

世界にダンジョンが現れたり、二世問題が世に出て来てもその夢は変わることなく、ついに私は開校されたばかりの『ダンジョン高校付属第一小学校』……通称『ダン小』の先生に就任する事が出来た。その学校に通う子供たちは、普通ではないちょっと特殊な事情を持っている。

けれど、私にとっては大事な大事な可愛い生徒達。差別することなく、一人一人親身になって接してあげなきゃ。この学校に入学する子はあまり多くはないけれど、その分生徒と先生との距離は近いはず！　時には先生として、時には年上の友達として。皆と仲良くやっていけたらいいな。

そんなふうに思っていたら、いつの間にか就任してから二ヶ月も経過していた。生徒達とは上手くやってると思う。悪い事は悪いと反省してくれるし、褒めればちゃんと応えてくれる。あの子達は皆、素直で良い子なのだ。問題があるとすれば……。

「サヤカせんせ～！」

「はーい」

この子はナオキ君。私が受け持つ子のうちの1人だ。彼は二世の中でも特に『腕力』に優れ、子供だからか無意識に力のリミッターが外れる事がある。幸い、この学校に通う生徒に普通の子は居ないから、子供の喧嘩が起きても大怪我をしてしまった生徒はいない。危険なのは私のような一般人が巻き込まれたときなのだが……。今のところ、そんな事態にはなっていない。

「ナオキ君、今日はどうしたの？」

「あのね、僕ね。登り棒でケン君と、『立体鬼ごっこ』で遊んでたの」

「『立体鬼ごっこ』かー」

『立体鬼ごっこ』とは、うちの小学校で流行っている、数十本ある登り棒を飛び移りながら行われる鬼ごっこだ。人数は1対1、もしくは1対複数。鬼にタッチされるか、追い詰められて地面に下りたら鬼になる。単純だけどとんでもなく体力と筋力、咄嗟の判断力を使う遊びだ。

1本の鉄棒を登るだけでも大変な私には、とてもじゃないが真似できない。

「楽しそうだねー」

「うん、とっても楽しかったよ。でも、僕ね、つい夢中になっちゃって、思いっきり鉄の棒を蹴っちゃったの。そしたらね、バキッってすごい音がして……」

「あー……。鉄の棒、折れちゃったのね」

今月で何本目かしら。

「ご、ごめんなさい。僕、先週も折っちゃったのに」

ナオキ君は目に涙を溜める。彼は親御さんから、しっかりと教育を受けているようで、有り余るパワーで物を壊してしまうのは悪い事だと反省してくれているのだ。彼はまだ子供だ。自分の力を制御できず、物を破壊してしまうのはよくあること。なんなら、うちの学校の生徒は何かしら物を壊しがちだ。

それは彼らが、普通の人間とは違う、高いステータスを持って生まれた、『二世』という存在だからだ。

「良いのよ、ちゃんと謝ってくれて先生嬉しいわ。今度はもっと丈夫なものを用意するから楽しみにしてて！」

「ぁ……うん！　ありがとサヤカせんせー！」

「あ、そうだ。私じゃ折れた棒は重くて持てないから、悪いけど、ケン君と一緒に、いつもの場所に持って行ってくれる？」

「わかった!!」

「破片には気を付けるのよ～」

「はーい!!」

ナオキ君は目にも留まらぬ速さで駆け抜けていった。彼ら『二世』と呼ばれる子供たちは、誰もが冒険者の親を持っていて、そのステータスや能力を受け継いでこの世界に生まれる。その身体能力はすさまじく、本気で動けばガラスやプラスチックどころか、金属すら破壊する力を持っている。だから彼らは、普通の一般の子供たちとは共に過ごすことが難しく、恐れられていた。

その為、同じ境遇の子供たちが特殊な学校に集められていた。勉強をするだけなら、今の時代通信教育でも問題は無いのだろうが、彼らがこの学校に通う理由はずばり、力の加減を覚える事だ。普通の子供ですら、喧嘩が起きて本気の殴り合いをすれば相手を怪我させてしまうが、彼らの場合は簡単に人が死んでしまう。そうならないために、彼らは生きていく上で必要な加減を覚え、ここぞというときに本来の力が発揮できるようにと、日々遊びながら技術を磨いているのだ。

一般の人は15歳からダンジョンに入れるという規律だが、彼らはもっと早くに入る許可が下りるだろう。だけどそれは、今すぐではない。まだ法の整備が整っていないというのもあるけれど、一番の理由はきちんとした道徳と、仲間と自分を守る力を学びきっていないからだ。

「えっほ、えっほ」

「ナオキ君はやいってばー！」

「あ、ごめんケン君！」

ナオキ君達が真っ二つにへし折れた鉄の棒を運んでる姿が見えた。微笑ましい光景につい頬が緩むが、和んでばかりじゃいられない。

「それにしても、ダンジョン鉄含有率30％じゃ、1週間ももたないか……。ただの鉄の棒なら数日と経たずにへし折れる事を考えれば十分長持ちなんだけど、やっぱり最低でも50％……。可能なら100％欲しいわね」

ダンジョン素材は10年経った今、一般の市場でも見る機会は増えて来たものの、まだまだ数には限りがあるし希少な存在だ。世間一般に満遍なく行き渡らせるには、もっと供給量を増やす必要がある。

この学校の運営は、国が推進している政策という事もあって、多額の資金と共に数多の優遇措置が取られている。ダンジョン素材もその伝手で、冒険者に次いで2番目くらいには素材を回してもらっている。けれど、そもそものダンジョン鉄の供給が無ければ、子供達の遊びに耐えうる性能を持った遊具の用意もままならない。

「もう少し、まとまった数のダンジョン鉄が売り出されれば話は違うんだけどなぁ……」

近場でダンジョン鉄を入手出来るところで有名なのは『初心者ダンジョン』や『上級ダンジョ

ン』に出現するゴブリンだ。彼らの落とす装備品にはダンジョン鉄が多く含まれている。

装備品という事もあって、ドロップ率はあまり高くはないが、それでも誰もが倒す相手ということもあって、近年流通量が増えて来ているものの、需要と供給が追いついていないのも事実。今のままでは、この学校で『含有率100%の鉄の棒』を手に入れるのは不可能に近い。

「あーあ。誰か『ゴブリンの短剣』を数百本くらい、一度にドドンと納品してくれないかしら」

◇

「くしゅん！」

「ショウタさん、風邪ですか？」

「んー、いや。なんだか無性にモンスターを狩って、ドロップ素材を山ほど積み上げたい気分になった」

不思議な事もあるもんだが、今俺は無性にゴブリンを狩りたくなっていた。

「そうなんですね。ですが安心してください。どんなに沢山持って帰って来ても、私と姉さんで、全て綺麗に売り捌いてみせますから！」

「うん、期待してる」

今までは捨ててしまっていたドロップ品だが、今では事情が変わっていた。心配する必要が無くなった以上、じゃんじゃん狩って行って、彼女達が驚くぐらい持って帰ってみたいな。

あとがき

皆様お久しぶりです、皇　雪火です。

順調にいけば1巻の発売から2ヶ月半ほどでしょうか。今回のお話は前後編に分けられており、前半は『初心者ダンジョン』のお隣にあるダンジョンナンバー810。

通称『ハートダンジョン』にお邪魔させていただいています。

そして後半では、原作お馴染みの、あの主従コンビに追いかけられたり、新たに得た力を手に『初心者ダンジョン』で新種のレアモンスター『レアⅡ』と遭遇したりと、彼の行動範囲と周囲の人間関係が大きく動き、ダンジョンの謎にまた1つ迫った回でした。


さて、前回のあとがきでは『レベルガチャ』が生まれた経緯を熱く語りましたね。今回のあとがきも熱く語る事……は、特にないので、ちょっと普通じゃないショウタ君の話でも。

まず前回のおさらいですが、ショウタ君から見た世界は、最初にゴブリンと戦ったダンジョンを除けば『アンラッキーホール』が全てでした。

そんな彼が『レベルガチャ』を得た事で、圧倒的格下であった自分が、誰よりも強くなれる可能性を得ました。強くなれるという事は、活躍の場を広げられるということ。それに加え、彼が独自に発見したダンジョンの調査方法は、他のダンジョンでも通用する事がわかり、『初心者ダンジョン』では乗り込んだ初日から貴重なスキルを得ることが出来、未知のレアモンスターとも遭遇。アキだけでなくマキの心も射止める事が出来ました。

そんな彼は、レアモンスターとの戦闘を繰り返すことでガチャを回し、多少強くなったものの、知識も経験も心構えも、まだまだダンジョン初心者。

強敵との連戦に疲弊しているだろうと、姉妹はメンタルケアも兼ねて『ハートダンジョン』へ行く事を提案しました。Wデートという下心もありましたが、姉妹は真面目に、彼を労わるつもりでこのダンジョンへと連れてきたのです。決して、まだ見ぬレアモンスターと戦わせるために来たわけでは無かったのです。

ですが、頭のおかしいショウタ君にとって、ダンジョンでの強敵との戦いに、ケアの必要はありませんでした。なんなら、姉妹に応援されるだけで回復する始末。

結果、休暇のつもりが泊りがけでの調査となり、レアモンスターとの連戦に強化体の討伐。流石のショウタ君も疲れただろうと予想する彼女達でしたが、翌日にはケロッとした声でモーニングコールに出て、いつものようにダンジョンに行くとの事。

彼女達は電話を切り、そこでようやく、彼が普通ではないと悟るのでした。

本編後半でも、ストーカーまがいの事をされたことに対してではなく、ダンジョン探索の時間が削られることを危惧したり、姉妹への不誠実さよりもダンジョン探索が格段に楽になる手法がある事に気持ちが揺らいでいたりと、そんな場面からも彼にとってのダンジョンに対する比重がよくわかります。

今のままではダンジョンの為に生き、ダンジョンの為に死にかねませんね。

まあ、自分にはこれしかないと決め込んで、3年という長い期間、あんな苦行をしてのける人物ですから、どこか壊れてても不思議ではありませんが。そんな彼の3年分のしこりが、今後どのようにほぐれて行くのかは、続刊で描いて行こうと思います。


あと、Web版と比べて、アヤネの誘い文句はだいぶマイルドになったと思います。ちゃんとメリットとデメリットの説明が出来て偉いですね。頭をわしゃわしゃしてあげたいです。まあ、やってることは変わりませんが。


さて、続いてサイドストーリーについて触れて行ければと思います。

まず巻末のサイドストーリーでは、アヤネの口にした第二世についてのお話でした。

原作Web版では第二世について言及しているのは、アヤネのあのシーンくらいのもので、どんな待遇を受け、どのように世間から見られているのか。具体的な描写が出来ていなかったので、多少なりとも表現が出来て良かったです。

今後も、振り返ることなく走り続けているWeb版の補足であったり、他視点の情報も織り交ぜつつ、書籍化に盛り込んでいきたいですね。

また、特典のサイドストーリーの話になってしまいますが、あちらもかなり良く出来たお話だったと思います。特典ではなく巻末に持って行きたいくらいでしたが、結局何を書いても巻末に載せたくなっちゃうので泣く泣く我慢しました。

話の内容をざっくり言ってしまうと、どちらも『ハートダンジョン』の職員の話になるのですが、本編ではちょっと悪いイメージが強かったですからね。なぜ彼らは、フルフェイスマスクを装着しているのか。その理由を、それぞれのサイドストーリー内で、別々の理由で描写しています。

彼らが普段どんな風にお仕事をしているのか見られますので、まだ未読の方は是非お読みください。

最後に、書籍二巻を作る上で我儘を聞いてくださった担当様。並びに刊行して下さったTOブックス様。そして最高に可愛いデート服を描いてくださった夜ノみつき先生。この作品を応援してくれる読者の方々に、心からの感謝を。

皇　雪火

仲間がいると
助かるね！
コミカライズ
決定！
著：皇雪火／イラスト：夜ノみつき
Level gacha
レベルガチャ3
～ハズレステータス『運』が結局一番重要だった件～

お供します!
次に挑むは上級ダンジョンに、
海水浴!?
2024年
第3巻発売!!
力を得た不屈の男がダンジョンに隠された秘密を暴いていく物語

CORONA EX
コロナEX
TObooks
にて
絶賛配信中!
漫画:戸瀬大輝
スピンオフ
漫画も!
本編
スピンオフ

漫画：秋咲りお
原作：三木なずな　キャラクター原案：かぼちゃ
没落予定の貴族だけど、
暇だったから魔法を極めてみた
@comic
原作小説第8巻
コミックス第8巻
3月15日
同日発売予定!!

レベルガチャ２
～ハズレステータス『運』が結局一番重要だった件～

2024年4月1日　第1刷発行

著　者　皇 雪火

発行者　本田武市

発行所　TOブックス
〒150-0002
東京都渋谷区渋谷三丁目1番1号　PMO渋谷Ⅱ　11階
TEL 0120-933-772（営業フリーダイヤル）
FAX 050-3156-0508

印刷・製本　中央精版印刷株式会社

ISBN978-4-86794-109-6